リンドグレーン・コレクション

長くつ下のピッピ

アストリッド・リンドグレーン 作
イングリッド・ヴァン・ニイマン 絵
菱木晃子 訳

岩波書店

PIPPI LÅNGSTRUMP

Text by Astrid Lindgren
Illustrations by Ingrid Vang Nyman

First published 1945 by Rabén & Sjögren, Sweden.

This Japanese edition published 2018
by Iwanami Shoten, Publishers, Tokyo
by arrangement with
The Astrid Lindgren Company, Lidingö, Sweden.

For more information about Astrid Lindgren,
see www.astridlindgren.com.

もくじ

1 ピッピがごたごた荘にひっこしてきました 9
2 ピッピが〈ものさがし屋〉になり、けんかをしました 26
3 ピッピがおまわりさんとおにごっこをしました 43
4 ピッピが学校へ行きました 56
5 ピッピが門にすわり、木にのぼりました 74
6 ピッピがピクニックを計画しました 90

7　ピッピがサーカスへ行きました　107
8　ピッピがどろぼうにはいられました　125
9　ピッピがコーヒー・パーティーによばれました　139
10　ピッピが人の命を助けました　158
11　ピッピが誕生日をいわいました　173
訳者あとがき　195

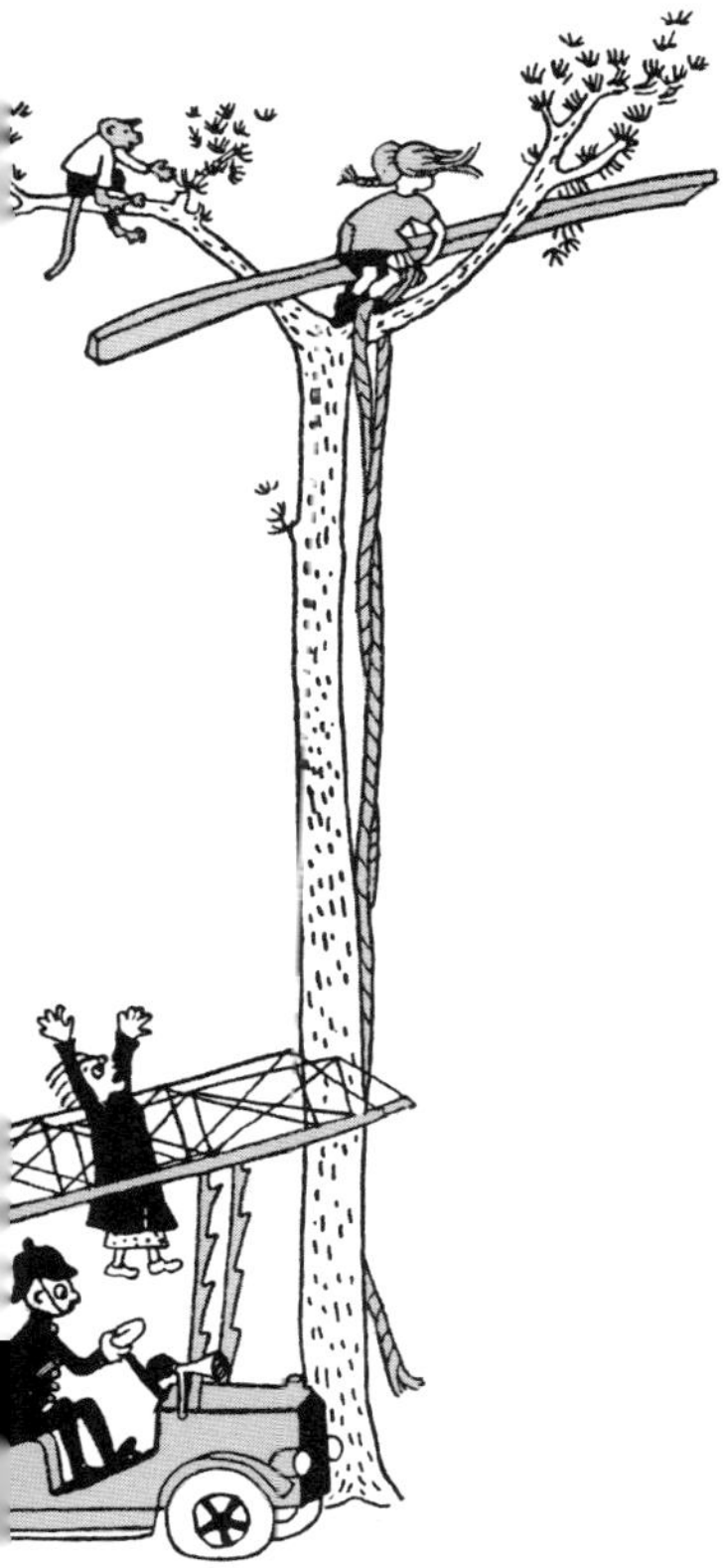

装丁　中嶋香織

長くつ下のピッピ

1　ピッピがごたごた荘《そう》にひっこしてきました

　ある小さな小さな町のはずれに、草ぼうぼうの古い庭がありました。庭のおくには一軒《けん》の古い家がたっていて、そこにはピッピ・ナガクツシタという女の子が住んでいました。

　ピッピは九歳《さい》でしたが、たったひとりで暮《く》らしていました。パパもママもいません。でも、それはとてもいいことでした。だって、楽しく遊んでいるときに「もう寝《ね》なさい」とか、あまい飴《あめ》をなめたいときに「にがい薬をのみなさい」なんて、いちいちいわれなくてすみますから。

　もちろん、以前《いぜん》はピッピにもパパがいて、ピッピはパパが大好《だいす》きでした。ママもいたのですが、ずいぶんとまえのことなので、ピッピはよくおぼえていません。ママは、ピッピが小さいときに死んでしまったのです。そう、だれもそばに近よれないほどギャアギャアうるさく、ゆりかごの中でピッピが泣《な》いていたころに。

ピッピは、いまママは天国にいて、小さなあなから自分を見ていると信《しん》じています。それで、ピッピはときどき空にむかって手をふって、「心配しないで。あたしなら、だいじょうぶ！」とさけぶのでした。

パパのことは、よくおぼえています。パパは船長で、七つの海を旅していました。ピッピもいっしょに、パパの船にのっていたのです。ところが、あるとき大嵐《おおあらし》にあって、パパは海の中に吹《ふ》きとばされ、そのまま行方《ゆくえ》知れずになってしまいました。

でもピッピは、パパがかならず帰ってくると信《しん》じていました。パパがおぼれ死んだなんて、ぜったいにありえませんから。きっとパパはどこかの南の島に流れついて、島の王さまになって、毎日、頭に金の冠《かんむり》をのせて歩いているにちがいないのです。

「ママは天使で、パパは南の島の王さま。こんなすてきな親をもっている子どもは、そうめったにいないのよ」ピッピはいつも得意《とくい》そうに、こういいます。「新しい船が完成《かんせい》したら、パパがむかえにきてくれて、あたしは南の島のおひめさまになるの。楽しみだな！」

さて、この庭のある古い家は、ピッピのパパが何年《なんねん》もまえに買ったものでした。パパは年をとって船にのれなくなったら、ピッピと住もうと思っていたのです。けれどもパパが海の中に吹《ふ》きとばされてしまったので、ピッピはパパの帰りをごたごた荘《そう》で待つことにしました。ええ、この家の名前は、ごたごた荘《そう》というのです。もう家具もそろっていて、いつでも住めるようになっていました。

ある晴れた夏の晩《ばん》、ピッピはパパの船にのっていた船員たちに別《わか》れを告《つ》げました。船員たちはみんなピッピのことが大好《だいす》きでしたし、ピッピもみんなのことが大好《だいす》きでした。

「みんな、バイバイ!」ピッピはそういうと、ひとりひとりのおでこにキスをしました。

「心配しないで。あたしなら、だいじょうぶ!」

ピッピはふたつのものをもって、船からおりました。ひとつは、ニルソンさんという名前の小さなサル――パパからのおくりものです。もうひとつは、金貨《きんか》がぎっしりつまった大きな旅行カバン。船員たちは甲板《かんぱん》の手すりのところにならんで、なごりおしそうにピッピを見送りました。ピッピはニルソンさんを肩《かた》にのせ、片手《かたて》でカバンをしっかりもって、一度もふりかえらずに、どんどん歩いていきました。

ピッピの姿《すがた》が見えなくなると、船員のひとりが「すごい子だなあ」とつぶやいて、涙《なみだ》をぬぐいました。

ええ、まったくそのとおりでした。ピッピは本当にすごい子でした。なかでもいちばんすごいのは、ピッピが力もちであるということでした。世界じゅうにピッピにかなうおまわりさんはひとりもいないくらい、ピッピは力もちだったのです。たとえば、もちあげようと思えば、馬を一頭もちあげることができました。そして、本当にもちあげようと思いました。

ピッピはごたごた荘《そう》にやってきたその日に、たくさんある金貨《きんか》のうちの一枚《まい》で、馬を一頭、買いました。まえから自分の馬がほしかったのです。いま、その馬はごたごた荘《そう》の玄関《げんかん》まえにあるベランダに住んでいます。でもピッピは、ベランダで午後のコーヒーがのみたいときは、馬をもちあげて庭へおろしました。

ごたごた荘《そう》のとなりにはべつの庭があり、そこにはべつの家がたっていました。その家には、お父さんとお母さんとかわいい子どもがふたり住んでいました。ひとりは男の子でトミー、もうひとりは女の子でアニカといいました。

ふたりはおぎょうぎがよく、親のいうことをよくきく、とてもいい子たちでした。トミーは爪《つめ》をかんだりしませんし、お母さんのいいつけをよく守りました。アニカのほうも、気にいらないことがあっても泣《な》きわめいたりしませんし、いつもアイロンがぴしっとかかった木綿《もめん》のワンピースをきちんと着《き》て、よごさないように気をつけていました。

トミーとアニカは毎日、家の庭でおとなしく遊んでいましたが、それでもよく遊び友だちがほしいと思いました。ピッピがまだパパとひろい海を旅してまわっていたころ、トミーとアニカは庭の柵《さく》につかまって、こんなふうにささやきあったものです。

「あの家にだれもひっこしてこないなんて、つまらないね。子どものいる人がきてくれるといいのに！」

さて、ピッピがその美しい夏の晩《ばん》、はじめてごたごた荘《そう》に足をふみいれたとき、トミーとアニカは家にいませんでした。ふたりは一週間ほど、おばあちゃんのところへとまりに行っていたのです。ですから、となりの家にだれかがひっこしてきたなんて、ちっとも知りませんでした。

家に帰ってきた翌朝《よくあさ》、ふたりは門のところに立って、道のほうをながめていました。でも、まさか遊び友だちがすぐ近くにいようとは夢《ゆめ》にも思いませんでした。

ところが、「きょうはなにをしよう?」「楽しいことがあるかしら?」「なにも思いつかない、たいくつな日かも」と考えているると、ふいにごたごた荘《そう》の門があいて、女の子がのしのしとでてきたのです。それは、トミーとアニカが見たこともない、とても変《か》わった女の子でした。朝の散歩《さんぽ》にでかけていく、ピッピ・ナガクツシタです。

ピッピは、こんなかっこうでした。

髪《かみ》はニンジン色で、左右にきつく編《あ》んだおさげがぴんと立ち、顔はそばかすだらけで、鼻は小粒《こつぶ》のジャガイモそっくり。鼻の下には大きな口があって、じょうぶそうなまっ白い歯がのぞいていました。着《き》ているワンピースも、変《か》わっていました。ピッピが自分で縫《ぬ》ったものなのですが、本当は青いもようにするつもりだったのに生地《きじ》がたりなくて、あちこちに赤い布《ぬの》がつぎあてられていました。

細くて長い足にはいている長いくつ下は、片方《かたほう》が茶色で、もう片方《かたほう》が黒です。そして足の先には、じっさいの大きさの二倍《ばい》はある、黒い大きなくつをはいていました。実《じつ》はこのくつ、ピッピの足が大きくなってもいいようにと、パパが南アメリカで買ってくれたもの

なのです。ピッピがこれ以外《いがい》のくつをほしいと思ったことは、一度もありませんでした。

さらにトミーとアニカが目を見はったのは、見なれない女の子の肩《かた》にのっている小さなサルでした。青いズボンに黄色い上着《うわぎ》、白い麦《むぎ》わら帽子《ぼうし》をかぶったオナガザルです。

ピッピは道を歩きだしましたが、片足《かたあし》は歩道に、もう片方《かたほう》は溝《みぞ》につっこんで進んでいきます。トミーとアニカは、ピッピの姿《すがた》が見えなくなるまで目であとを追いました。

しばらくすると、ピッピがもどってきました。でもこんどは、うしろむきに歩いてきます。帰りにからだのむきを変《か》えるのが、めんどうだったからでした。

トミーとアニカの家の門のまえまでくると、ピッピははたと立ちどまりました。しばらくのあいだ、三人はだまったまま顔を見あっていましたが、やがてトミーが口をひらきました。

「どうして、うしろむきに歩いてきたの?」

「どうしてって?」ピッピはききかえしました。「あたしたちは、自由の国に住んでるんでしょ? 好《す》きなように歩いちゃいけないっていうの? いいことおしえてあげる。エジプトじゃ、みんなこんなふうに歩いていて、だれも変《へん》だと思わないのよ」

「そんなこと、どうしてわかる?」トミーもいいかえしました。「エジプトに行ったことなんかないくせに」

「あるわよ! いい? あたしは世界じゅうをまわったし、うしろむきに歩く人たちよりも、もっとおかしなものをたくさん見てきたの。あたしがインドシナの人たちのように逆立《さかだ》ちして歩いたら、あんたはなんていうかしらね?」

「みんな、うそだ」トミーはいいました。

するとピッピはちょっと考えてから、悲《かな》しそうにいいました。

「あんたのいうとおりよ。あたし、うそをついたの」

「うそついちゃ、いけないのよ」アニカがやっと口をききました。

「そうね。うそをつくのは、とっても悪いことよ」ピッピはさっきよりも、もっと悲《かな》しそうにいいました。

「でも、あたし、ときどきそのことをわすれちゃうの。だって、ママは天使で、パパは南の島の王さまで、その子は生まれてからずっと船にのって海を旅してたのよ。そんな子に、いつも本当のことをいえっていったって、むりじゃない？　ねっ！」ピッピはそういうと、そばかすだらけの顔でにこっと笑《わら》いました。

「それにコンゴという国じゃ、本当のことを話す人なんてひとりもいないの。一日じゅう、みんなうそをついてるの。朝の七時からお日さまがしずむまで、ずっとね。だから、あたしがまたうそをついたら、その国にちょっと長くいすぎたせいなんだって思って、ゆるしてもらいたいの。それでも、あたしたち、友だちでいられるわよね？」

「もちろん！」トミーはそういったとたん、きょうはぜったい、たいくつな日にはならないと確信《かくしん》しました。

「じゃあ、あたしのうちへきて、朝ごはん、食べない？　だめ？」

「だめってことはないよ！　行こう、行こう」

「うん、行きましょう」アニカもいいました。

「そうだ、あんたたちにニルソンさんを紹介《しょうかい》しとかなくちゃね」ピッピがいうと、肩《かた》の上の小さなサルは帽子《ぼうし》をとって、トミーとアニカにていねいにあいさつしました。

こうして、三人はごたごた荘《そう》のくずれおちそうな門を通り、木のぼりによさそうなコケむした木々《きぎ》のあいだの砂利道《じゃりみち》をぬけて、玄関《げんかん》まえのベランダへとあがっていきました。

ベランダでは、馬がスープボウルからカラス麦《むぎ》をむしゃむしゃと食べていました。

「ねえ、どうしてベランダに馬がいるの？」トミーがききました。トミーが知っている馬はみんな、馬小屋《うまごや》で飼《か》われていたからです。

「えっと……」ピッピは少し考えてから、こたえました。「台所だとじゃまになるし、この馬、居間《いま》はきらいだし」

トミーとアニカは馬をぽんぽんとたたいてから、家の中にはいりました。台所、居間《いま》、寝室《しんしつ》がひとつずつあります。ピッピは今週、そうじをするのをわすれているようです。

トミーとアニカは、南の島の王さまが部屋《へや》のすみにでもすわっていないかと思って、そっとようすをうかがいました。南の島の王さまなんて、まだ一度も見たことがないのですから。でも、それらしき人はいませんでした。パパもいなければ、ママの姿《すがた》も見えません。

アニカは心配になって、ピッピにききました。

「たったひとりで住んでるの？」

「たったひとりじゃないわ。ニルソンさんもいるし、馬だっているわ」

「そ、そうじゃなくて……、パパとママはいないの？」

「いないわよ」ピッピは、うれしそうにこたえました。

「だけど、そしたら、夜とか、だれがあなたに『もう寝《ね》なさい』っていうの？」

「あたしよ。最初《さいしょ》はやさしく。それでいうことをきかないときは、きびしく。それでもいうことをきかないときは、バシッとたたくの。わかった？」

トミーとアニカはさっぱりわかりませんでしたが、それもいいやり方《かた》なのかも、と思いました。

三人は台所にきました。すると突然《とつぜん》、ピッピが大声をはりあげました。

パンケーキをすぐにつくろう
フライパンでこんがり焼《や》こう
パンケーキをごちそうしよう！

ピッピはたまごを三個《こ》とりだすと、天井《てんじょう》にむかって高くなげあげました。ひとつはピッピの頭におちてきて、われました。黄身《きみ》が流れて目にはいります。でも、あとのふたつは、うまいことなべでうけとめられたので、その中でカシャンカシャンとつぶれました。

「たまごの黄身《きみ》は髪《かみ》にいいのよ」ピッピは目をふきながら、いいました。「見てて。いまに、この髪《かみ》、キューキュー音をたててのびてくるから。それにブラジルじゃ、みんな、髪《かみ》にたまごをつけて歩いているの。つるっぱげの人なんか、ひとりもいやしない。でも、ひとりだけ、まぬけなおじいさんがいて、髪《かみ》にすりこむかわりに、たまごを食べちゃったの。そしたら、つるつるのつるっぱげになっちゃってね。そのおじいさんが町にでてこようものなら、みんなめずらしがって、そりゃあ、もう大さわぎよ。パトカーが出動《しゅつどう》するくらい

こむぎこ

にね」

ピッピはしゃべりながらも、なべの中から、われたたまごのからをじょうずにつまみだしました。それから壁《かべ》にかかっていたボディブラシを手にとって、パンケーキの生地《きじ》をいきおいよく泡立《あわだ》てました。生地《きじ》は、はねて、とんで、壁《かべ》にまではりつきましたが、ピッピは気にせず、最後《さいご》までなべに残《のこ》っていた生地《きじ》を、コンロの火にかけてあったフライパンにそそぎいれました。

そして片面《かためん》がキツネ色に焼《や》けると、フライパンをぽんとゆすって、天井《てんじょう》近くまでほうりなげました。パンケーキは空中でうまいこと、ひっくりかえっておちてきて、ふたたびフライパンの中におさまりました。

反対側《はんたいがわ》もすっかり焼《や》きあがると、ピッピはまたパンケーキをえいっととばしました。こんどは、パンケーキは台所を真横《まよこ》にびゅんととんで、テーブルの上のお皿にみごと着地《ちゃくち》しました。

「食べて!」ピッピは大声でいいました。「冷《さ》めないうちに」

トミーとアニカは、さっそく食べてみました。そして、とてもおいしいパンケーキだと思いました。

食べおわると、ピッピはふたりを居間《いま》へ案内《あんない》しました。

居間《いま》には、家具はひとつしかありません。小さなひきだしがたくさんついた、とても大きな開閉式《ライティング・ビューロー》のつくえです。

ピッピはひきだしをあけては、中にしまってあるだいじな宝物《たからもの》をトミーとアニカに見せました。めずらしい鳥のたまご、変《か》わった貝がらや石、かわいい小さな箱、きれいな銀の鏡《かがみ》、真珠《しんじゅ》のネックレスなど、どれもこれもピッピとパパが世界じゅうを船で旅していたときに手にいれたものです。

ピッピは新しい友だちに、記念《きねん》のプレゼントをわたしました。トミーには、きらきら光る真珠貝《しんじゅがい》の柄《え》がついたナイフ、アニカには、ふたにピンクの貝がらがちりばめられた小箱です。箱の中には、緑色の石の指輪《ゆびわ》がはいっていました。

「あんたたち、いま、家に帰れば」ピッピはいいました。「明日《あした》、またもどってこられるわ。家に帰らないと、明日《あした》もどってこられないでしょ。それって、つまらなくない？」

トミーとアニカもそのとおりだと思い、家へ帰ることにしました。カラス麦《むぎ》をすっかりたいらげた馬の横《よこ》を通りすぎ、ごたごた荘《そう》の門をでていこうとすると、ニルソンさんが帽《ぼう》子《し》をふっていました。

2　ピッピが〈ものさがし屋〉になり、けんかをしました

つぎの朝、アニカはいつもより早く目がさめました。ベッドからはねおきると、トミーのベッドへすっと歩いていき、うでをひっぱりながらいいました。

「トミー、おきて。ぶかぶかのくつをはいた、あのおもしろい女の子のところへ行きましょうよ」

とたんに、トミーは目がさめました。

「寝《ね》ているときから、きょうはなにか楽しいことがあるってわかってたんだ。なんだったかは、わすれちゃったけど」トミーはそういうと、からだをくねらせてパジャマをぬぎました。

ふたりは、すぐにバスルームへ行きました。いつもよりてきぱきと顔をあらい、歯をみがき、それから、とっとと着《き》がえをすませ、お母さんの予想《よそう》より一時間も早く、二階《かい》から一階《かい》まで階段《かいだん》の手すりをさーっとすべりおりて、朝食

のテーブルにぴたりとつきました。

「ココア、早くして！」ふたりがさけぶと、お母さんは「どうしたの？　なんでそんなにあわててるの？」とききました。

トミーとアニカはこたえました。

「となりにひっこしてきた女の子のところへ行くんだ」

「一日じゅう、あの子の家にいると思う」

さて、その朝、ピッピはジンジャークッキーを焼《や》こうとしていました。いまはちょうど、ねりあげたものすごい量《りょう》の生地《きじ》を、台所のゆかにのばしたところです。

「だって、そうでしょ？」ピッピはニルソンさんにいいました。「ジンジャークッキーを五百枚《まい》も焼《や》こうっていうときに、ふつうの板じゃ、むりよね」

ピッピはゆかに腰《こし》をおちつけると、ハート型《がた》のかたぬきで、せっせとクッキーをくりぬきました。

「生地《きじ》の上を歩いちゃだめよ」ピッピがニルソンさんに注意したそのとき、玄関《げんかん》のベルが鳴りました。

ピッピはとんでいって、ドアをあけました。頭のてっぺんからつま先まで粉《こな》でまっ白になっていたので、心をこめてトミーとアニカと握手《あくしゅ》すると、白いけむりがもうもうと、ふたりにふりかかりました。

「きてくれて、うれしい！」ピッピがそういってエプロンをはらうと、さらに白いけむりがまいあがり、トミーとアニカはせきこんでしまいました。

「なにしてるの？」トミーがききました。

「えんとつそうじをしています、なんていっても、あんたたちは頭がいいから信《しん》じないわよね。本当はクッキーを焼《や》くところよ。もうすぐおわるわ。たきぎ箱の上にすわって、ちょっと

待ってて」

さあ、それからのピッピの手ぎわのあざやかなこと！　ゆかにのばした生地《きじ》をかたぬきでじゃんじゃんぬき、天パンにほいほいならべ、天パンをつぎつぎとオーブンにつっこみます。トミーとアニカにとっては、まるで早まわしの映画《えいが》を見ているようでした。

「これで、おしまい！」ピッピは最後《さいご》の天パンをオーブンにいれると、とびらをバンとしめました。

「それで、ぼくたち、これからなにするの？」トミーがききました。

「あんたたちがどうしたいか知らないけど、あたしには、なまけてるひまなんかないの。だって、あたしは〈ものさがし屋〉なんだもの。一秒だって、むだにはできないわ」

「いま、なんていったの？」アニカがききました。

「〈ものさがし屋〉よ」

「なに、それ？」トミーもききました。

「ものをさがして見つける人。きまってるでしょ？」ピッピはそういいながら、ゆかにちらばっていた粉《こな》をはきあつめて、小山をつくりました。「世《よ》の中《なか》には、ものがいっぱいあるの。だから、だれかがさがして見つけてあげなくちゃならないの。それをするのが、〈ものさがし屋〉よ」

「ものって、どんな?」アニカが、またたずねました。

「ありとあらゆるものよ。金塊《きんかい》とか、ダチョウの羽根《はね》とか、死んだネズミとか、とっても小さなねじとか、そういうもの」

トミーとアニカは、それはおもしろそうだ、自分たちも〈ものさがし屋〉になりたい、と思いました。トミーは「ぼくは、とっても小さなねじなんかじゃなくて、金塊《きんかい》を見つけたいな」とまでいいました。

「なにが見つかるかは、わからないけど」ピッピはいいました。「いつもなにかは見つかるのよ。でも、いそがないと。ほかの〈ものさがし屋〉に、このあたりにある金塊《きんかい》を先に見つけられたらたいへんよ」

こうして、三人の〈ものさがし屋〉はでかけていきました。そして、ものさがしは近所の家のまわりからはじめるのがいい、ということになりました。ピッピがこういったからです。

「森のおくに行けば、小さなねじぐらいはすぐに見つかるだろうけど、いちばんいいものは、いつだって人が住んでいる近くにあるものなのよ」

ところが、ピッピはこうもいいました。

「でも、そうともかぎらないわね。反対《はんたい》のこともあったわ。ボルネオのジャングルで、ものさがしをしてたとき、あたし、人が足をふみいれたこともない原生林《げんせいりん》のどまん中で、本物《ほんもの》のすてきな木の義足《ぎそく》を見つけたのよ。あとで、片足《かたあし》のおじさんにもっていってあげたら、『こんなすばらしい義足《ぎそく》は、いくら金をだしても買えん』っていわれたわ」

トミーとアニカは、〈ものさがし屋〉はどんなふうにするのだろうかと思って、ピッピをじっと見ていました。

ピッピは道のはしからはしへと走りまわり、片手《かたて》を目の上にかざして、ものをさがしています。たまによつんばいになって、垣根《かきね》の中に手をつっこみ、がっかりした声をあげることもありました。

「変《へん》ねえ。ぜったいここに金塊《きんかい》があると思ったのに」

「見つけたものはみんな、とっちゃっていいの？」アニカがききました。

「そうよ。地面にころがってるものは、なんでもね」ピッピはこたえました。

それから少し行くと、おじいさんがひとり、庭の芝生《しばふ》の上に寝《ね》ころんでいました。

「ほら、あれは地面にころがってるわ。あたしたちが見つけたのよ。とっちゃおう！」

ピッピはいいました。

トミーとアニカは、ぎょっとしました。

「だめだよ、ピッピ。よそのおじいさんをとっちゃうなんて、だめ！」トミーがいいました。「だいいち、とってどうするんだよ？」

「どうするって？ することはたくさんあるわ。ウサギのかわりにウサギ小屋《こや》にいれて、タンポポの葉っぱをあげるとか。でも、あんたたちがいやなら、あたしもやめとく。ほかの〈ものさがし屋〉に、とられちゃうと思うと、ちょっとくやしいけど」

三人は、さらに歩いていきました。

すると突然《とつぜん》、ピッピがキャーッとうれしそうなさけび声をあげました。

「こんなの、はじめてよ！」そういって草の中からひろいあげたのは、さびた大きなブリキ缶《かん》です。「とってもいいものよ！ とってもいいものよ！ ブリキ缶《かん》が見つかるなん

て、とってもめずらしいのよ！」

トミーはうたがわしそうに、ピッピがひろったものを見つめながら、ききました。

「なんの役にたつの？」

「いろんなことによ」ピッピはこたえました。「たとえば、クッキーをいれるの。そうすれば、うれしい〈クッキー入りブリキ缶《かん》〉になるでしょ。クッキーをいれなければ、〈クッキーなしブリキ缶《かん》〉になるわ。クッキーなしはうれしくないけど、それでもやっぱりいいものよ」

ピッピは、ブリキ缶《かん》を念入《ねんい》りにしらべました。本当にさびだらけで、底《そこ》にはあながあいています。

「どうやら、〈クッキーなしブリキ缶《かん》〉みたいね」ピッピは考えぶかげにいいました。「でもこれ、頭にかぶれる。〈真夜中《まよなか》ごっこ〉ができるわ」

そして、すぐにやってみました。ブリキ缶《かん》を頭からかぶると、のしのしと歩きだしたのです。まるで、ブリキの塔《とう》が家々のあいだを通りぬけていくみたいです。

そうこうしているうちに、ピッピは針金《はりがね》の柵《さく》におなかをひっかけ、いきおいよく前《まえ》のめりにたおれました。ブリキ缶《かん》が地面にぶつかり、ものすごい音があたりにひびきわたりました。

「ねっ、わかったでしょ」ピッピはブリキ缶《かん》を頭からはずすと、いいました。「これをかぶってなかったら、顔をぶつけて、大けがするところだったわ」

「でも」アニカが口をはさみました。「ブリキ缶《かん》をかぶってなかったら、針金《はりがね》にひっかかることもなく……」

アニカがいいおわらないうちに、ピッピがまたキャーッとさけびました。ピッピは勝ちほこったように、糸のまかれて

いない糸まきをひろいあげると、いいました。

「きょうは、本当に運のいい日ね。こんなに小さなかわいい糸まきが見つかるなんて。これならシャボン玉が吹《ふ》けるし、ひもを通してネックレスにもできる。うちに帰って、早くためしたいな」

そのとき突然《とつぜん》、近くの家の門があいて、男の子がひとり、とびだしてきました。ひどくおびえているようです。むりもありません。すぐあとから、五人もの男の子が追いかけてきました。

五人はその子をつかまえると垣根《かきね》におしつけ、いっせいにおそいかかり、なぐったりたたいたりしはじめました。男の子は泣《な》きながら、両《りょう》うでで顔をかばっています。

「それ、やっちまえ！」いちばん体格《たいかく》がよく、力の強そうな子がさけびました。「二度とこの通りに、姿《すがた》を見せようなんて思わないようにな！」

「まあ！」アニカが声をあげました。「やられてるのは、ヴィッレよ。ひどい！」

「ベングトのやつ、いつも弱い者いじめばかりして……」トミーもいいました。「五対一なんて、ひきょうだよ！」

するとピッピは男の子たちのほうへ、つかつかと歩いていき、人さし指でベングトの背《せ》中《なか》をつつきました。

「ちょっと。五人でいっぺんにとびかかるなんて、小さなヴィッレをマッシュポテトにするつもり？」

ベングトはふりむくと、見なれない女の子をじろりとにらみつけました。おれを人さし指でつつくとは、大胆《だいたん》な。ベングトはあきれて口をあんぐりあけましたが、すぐに顔をにやつかせて、いいました。

「おい、みんな。ヴィッレなんかほっといて、このチビ女を見ろ。なんだ、こりゃ？」

ベングトはひざをたたいてガハガハと笑《わら》い、仲間《なかま》たちはぐるりとピッピをとりかこみました。ヴィッレだけは涙《なみだ》をふいて、こそこそとトミーのそばへ行きました。

「おい、こんな髪《かみ》の毛《け》、見たことあるか？　まるで炎《ほのお》みたいだぜ」ベングトは大声でしゃべりつづけました。「それに、なんだ、このくつ。ちょいと片方《かたほう》、貸《か》してくれよ。ボートをこぎに行きたいけど、ボートがないもんで」

それからベングトはピッピのおさげの片方《かたほう》をつかみ、ぱっとはなすと、さけびました。

「あちちちっ、やけどしちまった！」

とたんに五人の男の子たちは、ピッピのまわりでとびはねながら、わめきたてました。

「赤ずきん！　赤ずきん！」

けれども、ピッピはにこにこ笑《わら》っていました。ベングトの予想《よそう》では、おこるか泣《な》きだすはずだったのに。せめて、少しはこわがるだろうと。でも、なにも変化《へんか》がないので、ベングトはピッピをぐいっとおしてみました。

「ちょっと！」ついにピッピが口をひらきました。「あんたたち、レディーに対するマナーってものを知らないみたいね」

そういったとたん、ピッピはベングトをほいと両手《りょうて》でもちあげ、そばのカバノキまで運《はこ》んでいき、枝《えだ》にばさっとかけました。つづいて二番めの子をもちあげ、べつの枝《えだ》にひっかけました。三番めの子は高い門柱《もんちゅう》の上にのせ、四番めは垣根《かきね》のむこうへほうりなげたので、その子は庭の花壇《かだん》にしりもちをつきました。最後《さいご》の子は、道にあった小さなおもちゃの車におしこみました。

しばらくのあいだ、ピッピとトミーとアニカとヴィッレはようすをながめていましたが、ベングトたち五人は口もきけないほど、あっけにとられていました。

ピッピはいいました。

「本当にやり方《かた》がきたないわ。五人でひとりをおそうなんて。おまけに、あたしみたいな小さなかよわい女の子をおしたりして。最低《さいてい》！」

それからトミーとアニカをふりむいて、「さあ、帰ろう」と声をかけました。ヴィッレには、「あいつらがまた襲撃《しゅうげき》してきたら、あたしにいいなさいね」といいました。

枝《えだ》の上にすわりなおしたものの、こわくてそこからうごけずにいるベングトには、こういってやりました。

「あたしの髪《かみ》とくつについて、まだなにかいいたいことある？　いうなら、いまよ。あたし、もう帰るから」

けれども、ベングトはピッピの髪《かみ》についても、くつについても、もうなにもいうことはありませんでした。

ピッピは片手《かたて》にブリキ缶《かん》を、片手《かたて》に糸まきをもつと、トミーとアニカをつれて、さっさと歩きだしました。

庭までもどってくると、ピッピはいいました。

「たいへん！　あたしは、こんなにすてきなものをふたつも見つけたのに、あんたたちはまだなにも見つけてないじゃないの。もっと真剣《しんけん》にさがさなくちゃ。トミー、どうして、あの古い木のうろをのぞいてみないの？　古い木のうろというのは、〈ものさがし屋〉にとっちゃ、いちばんいいさがし場所なのよ」

「アニカもぼくも、なにも見つからないと思うよ」トミーはこたえましたが、とにかくピッピのいうとおりにしようと思って、うろの中に手をいれました。いれて、びっくり。

「あっ！」トミーがさけんで手をひきぬくと、指のあいだに、すてきな革《かわ》の手帳《てちょう》がはさまっていました。手帳《てちょう》の背《せ》のえんぴつさしには、銀色の小さなえんぴつもささっています。

「ふしぎだ」トミーは、つぶやきました。

「そうでしょ？〈ものさがし屋〉になるほど、すてきなことはないのに、世《よ》の中《なか》、この仕事をする人が少ないのは、本当にふしぎなの。大工《だいく》さん、くつ屋さん、えんとつそうじ屋さんなんかになる人はたくさんいるけど、〈ものさがし屋〉になる人はいないのよね」

それからピッピはアニカのほうをむいて、いいました。

「どうして、あんたは切《き》り株《かぶ》の中に手をいれてみないの？　古い切《き》り株《かぶ》こそ、ぜったいなにか見つかる場所よ」

アニカは、切《き》り株《かぶ》の中に手をつっこみました。すると、赤いサンゴのネックレスが指にふれました。

トミーとアニカはただただびっくりして、しばらくは口をあけて、ぼうっとしていました。そして、きょうからは毎日、〈ものさがし屋〉になろうと思いました。

さて、ピッピはきのうの夜、おそくまでボール投《な》げをして遊んでいたので、急にねむくなりました。

「あたし、ねむくて、ひと休みしないとだめだわ。あんたたち、家まできて、ふとんをしっかりかけてくれない？」

ピッピは部屋《へや》へはいってベッドに腰《こし》かけると、くつをぬぎました。そして、ぬいだくつをしげしげとながめながら、「ベングトのやつ、『ボートをこぎたい』とかいってたわね。フン！」と、ばかにしたように鼻を鳴らしました。「ボートのこぎ方《かた》なら、そのうち、ぎゅっとおしえてやるわ！」

「だけど、ねえ、ピッピ」トミーが、おそるおそるききました。「どうして、そんな大きなくつをはいてるの？」

「くつの中で、足の指を自由にうごかせるようによ」ピッピはこたえると、ベッドにからだをなげだしました。足をまくらにのせ、頭にふとんをかけて。ピッピはいつも、このかっこうで寝《ね》るのです。

「グアテマラでは、みんなこうして寝《ね》るのよ。これが正しい寝方《ねかた》なの。こうして寝《ね》れば、ねむっているあいだも、足の指をうごかせるじゃない？　ねえ、あんたたち、子守唄《こもりうた》なしでねむれる？　あたしは、いつも自分でうたってるの。そうしないと、目をつぶることもできないの」

まもなく、ふとんの下から、ブンブンうなる声がきこえてきました。ピッピが自分のために、子守唄《こもりうた》をうたいだしたのです。

トミーとアニカは、ピッピのじゃまをしないように、そっとベッドからはなれました。ドアのところでふりむくと、ベッドの上に見えたのは、まくらにのったピッピの足だけでした。その指先は、ちょこまかちょこまか、元気にうごいていました。

トミーとアニカは、家へ走っていきました。アニカはサンゴのネックレスを、しっかりとにぎりしめています。

「ほんとに、ふしぎ。ねえ、トミー。これって、ピッピがまえもって、木の中にいれておいたんじゃないかしら?」

「さあ、どうだか。ピッピのことは、だれにも、なんにも、わからないよ」トミーはいいました。

3　ピッピがおまわりさんとおにごっこをしました

ごたごた荘《そう》に九歳《さい》の女の子がひとりで住んでいることは、すぐに小さな町の人たちに知れわたりました。おとなたちは、男の人も女の人も、それはよくないことだと思いました。子どもにはあれこれ注意するおとなが必要《ひつよう》ですし、子どもは学校へ行って、かけ算をならわなくてはいけないからです。そこで、おとなたちは「ごたごた荘《そう》の女の子を、ただちに〈子どもの家〉へいれる」ときめました。

ある晴れた日の午後、ピッピはコーヒーとジンジャークッキーをベランダの階段《かいだん》にならべて、トミーとアニカをまねきました。ピッピの家の玄関《げんかん》まえのベランダは日あたりがよく、庭の花のいい香《かお》りがして、とても気もちのいい場所なのです。ニルソンさんは、ベランダの手すりをのぼったりおりたりしています。馬はときどき鼻をつきだして、ジンジャークッキーをねだりました。

「生きてるって、すばらしいわ！」ピッピがそういって、両足《りょうあし》を思いきりのばしたちょうどそのとき、制服《せいふく》に身《み》をかためたおまわりさんがふたり、門をはいってきました。

「あら、きょうもとっても運のいい日ね。おまわりさんは、あたしがいちばん好《す》きなもの。ルバーブのクリーム煮《に》のつぎにね」

ピッピはにこにこしながら、おまわりさんをでむかえに庭へおりていきました。

「ごたごた荘《そう》にこしてきた女の子というのは、きみかね？」おまわりさんのひとりが、たずねました。

「いいえ、あたくしは母方《ははかた》のとても小さなおばでして、町の反対側《はんたいがわ》のはずれの四階《かい》に住んでおり

ますの」ピッピは、おまわりさんをちょっとからかおうと思って、こうこたえました。

けれども、おまわりさんたちは、ちっともおもしろがってくれませんでした。それどころか、「ふざけるな！」と大声をあげ、「町の親切なおとなたちが、きみが〈子どもの家〉へはいれるように、とりはからってくれた」といいました。

「でも、あたしなら、もうとっくに〈子どもの家〉にはいってるわ」

「なんだと？　もうとっくに？　どこの〈子どもの家〉にだね？」

「ここよ」ピッピは胸《むね》をはりました。「あたしは〈子ども〉で、ここはあたしの〈家〉。だから、ここは〈子どもの家〉よ。あたしはここに居場所《いばしょ》があるんだし、広さもじゅうぶん」

「なあ、きみ」おまわりさんは、笑顔《えがお》をつくっていいました。「いいかね。きみは本当の〈子どもの家〉へはいって、めんどうをみてもらわなきゃいかんのだよ」

「その〈子どもの家〉には、馬もはいれる？」

「いいや、馬はだめだ」

「やっぱりね」ピッピはぶすっとして、いいました。「サルはどう？」

「だめにきまっとる！」

「そう。だったら、よその町へ行って、〈子どもの家〉にいれる子をさがすといいわ。あたしは行かない」

「行かないだと？　きみは、学校へも行かないといかんのだよ」

「どうして？」

「いろんなことをおそわるためさ」

「いろんなこと？」

「ああ、いろんなことだ。とても役にたつことをいろいろと。たとえば、かけ算の九九《くく》とか」

「かかさんのコツなんか知らなくても、あたしは九年間、ちゃんとやってこられたわ。これからもこの調子で行けるわよ」

「いいかね。ものを知らないままでいたら、どんなにつまらないか考えてごらん。大きくなって、だれかにポルトガルの首都《しゅと》はどこですか？　ときかれても、きみはこたえられないんだよ」

「あら、こたえられるわよ。そんなにポルトガルの首都《しゅと》が知りたいなら、ポルトガルに手紙を書いて、きさなさいって」

「だがね、自分がそれを知らないというのは、つまらないと思わないかね？」

「そうね、たまには夜ねむれなくて、ポルトガルの首都《しゅと》はどこだったかしら？　と思いなやむかもしれないわ。でも人生、いつも楽しいとはかぎらないものね」ピッピはそういうと、両手《りょうて》を地面につきました。そして逆立《さかだ》ちしながら、「そういえば、あたし、パパといっしょにリスボンに行ったわ」といいました。ピッピはどんなかっこうでも、話ができるのです。

するとも、もうひとりのおまわりさんが、「なんでも自分の好《す》きになると思ったら、大まちがいだ。おまえは、いますぐ、〈子どもの家〉へ行くんだ」といって、ピッピのうでをつかみました。

ピッピはさっとふりほどいて、おまわりさんをぽんとたたくと、いいました。

「はい、あんたがおに！」

そして、おまわりさんがまばたきするひまもないうちに、ベランダの手すりにとびのりました。と思うや、ひざをはずませていきおいをつけるともう、ベランダの上にある二階《かい》のバルコニーにあがっていたのです。

おまわりさんたちは、二階《かい》へ手すりをよじのぼる気はしません。ふたりは家の中にかけこむと、あわてて階段《かいだん》をのぼっていきました。

けれども、二階《かい》のバルコニーにでたときには、ピッピは屋根《やね》を半分ぐらいまでのぼっていました。まるでサルみたいにかるがると、かわらの上をかけあがっていくのです。そして、あっというまに屋根《やね》のてっぺんにつくと、こんどはえんとつの上に、ひょいととびのりました。

二階《かい》のバルコニーでは、ふたりのおまわりさんが頭の毛をかきむしっています。

トミーとアニカは芝生《しばふ》の上に立って、ピッピを見あげていました。

「ああ、楽しい！　おにごっこができるなんて」ピッピは大きな声でいいました。「きてくれて、ありがとう。きょうは、本当に運のいい日よ！」

おまわりさんたちはしばらく考えこんでいましたが、やがて庭へおりてくると、すみにあったはしごをとりに行きました。そして家の壁《かべ》にたてかけ、ピッピをつれもどしてやるぞと意気《いき》ごんで、順番《じゅんばん》にはしごをのぼりはじめました。

どうにか屋根《やね》のてっぺんにたどりついたふたりのおまわりさんは、平均台《へいきんだい》のようにバランスをとりながら、ピッピに近づこうところみます。でも、なんだかもたもたしていて、ふたりともこわがっているように見えました。

「平気、平気」ピッピは声をかけました。「あぶなくなんかないのよ。楽しいだけよ」

ようやく、おまわりさんたちは、ピッピにあと二歩とせまりました。

ところがそのとき、ピッピはえんとつからぴょんととびおりて、はしゃぎながら、屋根《やね》のてっぺんを反対《はんたい》のはしへと走っていってしまいました。そこから二メートルほどはなれたところに、木が一本立っています。

「さあ、とびこむわよ」ピッピはさけぶと、緑の葉がおいしげる木のこずえめがけてとびこみました。枝《えだ》を両手《りょうて》でしっかとにぎって、ぶらぶらぶらさがり、それからとんと地面にとびおりると、家の反対側《はんたいがわ》に走っていって、はしごをはずしました。

おまわりさんたちはピッピがとびおりたのを見ると、ちょっとがっかりしました。けれども、またよろよろと屋根《やね》のてっぺんを歩いて、はしごをかけたところまでもどってきたときには、もっとがっかりしました。がっかりどころか、ふたりはかっかとおこりだし、

下から屋根《やね》を見あげているピッピにむかって、どなりました。

「早くはしごをかけろ。さもないといたい目にあうぞ！」

「なんでおこってるの？」ピッピは口をとがらせました。「あたしたち、おにごっこをしてるだけでしょ？　友だちなのよ」

おまわりさんたちは、少し考えました。それから、ひとりがたのみこむようにいいました。

「なあ、きみ。悪いが、われわれがおりられるよう、はしごをかけてくれないか？」

「いいわよ」ピッピは、すぐにはしごをかけました。「おりてきたら、みんなでいっしょにコーヒーをのみましょう」

ところが、おまわりさんたちときたら、ずるいことに、庭におりたとたん、ピッピにわっととびかかったのです。

「さあ、つかまえたぞ。このいたずらな小娘《こむすめ》め！」

すると、ピッピはいいました。

「おにごっこはおしまいよ。とってもおもしろいけど、もう遊んでるひまはないの」

そして、それぞれの腰《こし》のベルトをぐいとつかんでもちあげると、庭の小道を歩いていき、門の外にでて、ふたりを道にどさっとおろしました。おまわりさんたちが気をとりなおして立ちあがるまでに、しばらく時間がかかりました。

「ちょっと待ってて」ピッピはおまわりさんたちに声をかけると台所へ走っていき、ハート型《がた》のジンジャークッキーを二枚《まい》もって、でてきました。「食べる？　少しこげてるけど、どうってことないわ」

それからピッピは、トミーとアニカのところへもどりました。ふたりは目をまるくして、ぼうっとつっ立っていました。

おまわりさんたちのほうは、あわてて町へひきあげていきました。そして町のおとなたちに、「あのピッピとかいう女の子は、〈子どもの家〉にはむきません」と報告《ほうこく》しました。でも、自分たちが屋根《やね》にのぼった話はしませんでした。

町のおとなたちは、ピッピはこのままごたごた荘《そう》に住まわせておくのがいちばんだろう、学校へはピッピがその気になったら、自分で行けばよいだろう、ということで納得《なっとく》しあいました。

さてその日、ピッピとトミーとアニカは、とても楽しい午後をすごしました。おまわりさんにじゃまされたコーヒーの時間をふたたびはじめ、ピッピはジンジャークッキーを十四枚《まい》も食べました。

「あのふたり、あたしが思ってるような、本物《ほんもの》のおまわりさんじゃなかったわ。〈子どもの家〉とか、かかさんのコツとか、リスボンとか、うるさいったらありゃしない」

そのあと、ピッピは馬をベランダからもちあげて、庭におろしました。

三人はいっしょに馬にのりました。

はじめアニカはこわがって、のるのをためらいましたが、トミーとピッピが楽しそうにしているのを見ると、やっぱりのりたくなって、ピッピにひっぱりあげてもらいました。

馬は三人をのせて、庭の中をぱかぱかと早足《はやあし》で歩きまわりました。

トミーは、歌をうたいました。

スウェーデン人が　やってきた
ドンジャラ　ドンジャラ　ホーイホイ!

その夜、トミーはベッドにもぐりこむと、アニカにききました。

「ねえ、ピッピがひっこしてきて、よかったと思わない?」

「もちろんよ」

「ピッピがひっこしてくるまえって、ぼくたち、なにして遊んでたんだろう。もうわすれちゃったね。おぼえてる?」

「そうね、クロッケーなんかしてたわね。でも、ピッピといるほうがずっと楽しいわ。馬なんかもいるしね！」

4　ピッピが学校へ行きました

トミーとアニカは、もちろん学校へかよっていました。毎朝八時になると、ふたりは手をつないで、教科書をわきにかかえて、とことこでかけていくのです。

その時間、ピッピはというと、たいていは馬にブラシをかけてやっているか、ニルソンさんに服を着《き》せてやっているか、そんなことをしていました。

朝の体操《たいそう》をしているときもありました。どんなやり方《かた》をするかというと、まずゆかの上にまっすぐ立って、それからつづけざまに四十三回、宙返《ちゅうがえ》りをするのです。そのあとは台所のいすにすわって、大きなカップでゆっくりとコーヒーをすすり、チーズをのせたオープンサンドを食べました。

トミーとアニカはいつも学校へ行くとちゅう、ごたごた荘《そう》のほうをうらめしそうにながめました。ふたりとも学校へ行くより、ピッピと遊びたかったのです。せめてピッピがいっしょに学校へ行ってくれたら楽しいのに、と思いました。

「学校から帰ってくるとき、ピッピもいっしょだったらいいのにな」トミーがつぶやくと、「行くときだってそうだわ」と、アニカも大きくうなずきました。

考えれば考えるほど、トミーとアニカには、ピッピが学校へ行かないのはつまらないことに思えてきました。そこで、ついにふたりはピッピを説得《せっとく》しようときめました。

ある日、トミーとアニカは宿題をきちんとすませてから、ごたごた荘《そう》へ行き、ピッピの気をひくように話をしました。

「ぼくたちの先生、とてもやさしい女の先生なんだよ」

「学校って、とっても楽しいところなの。学校へ行けなくなったら、あたし、変《へん》になっちゃう」

ピッピは丸《まる》いすにすわって、たらいの中で足をあらっていました。なにもいいません。ただ、足の指をひらいたりとじたりしているだけです。水がまわりにとびちります。

「学校には、そんなに長い時間いなくていいんだ。午後の二時までで」トミーがいうと、アニカも「お休みだってあるのよ。クリスマス休みに、復活祭《ふっかつさい》休みに、夏休み」とつづけました。

ピッピはおしだまったまま、じっと考えこむように、足の親指をかみました。そして突《とっ》然《ぜん》、なにか決心したのか、たらいの水をぜんぶゆかにぶちまけました。

ゆかにすわって鏡《かがみ》で遊んでいたニルソンさんは、ズボンがびしょぬれになってしまいました。

「不公平《ふこうへい》よ」ピッピは、ぴしゃりといいました。ニルソンさんがおろおろしていることなど、まったく気にかけません。「まったくもって不公平《ふこうへい》。がまんならないわ」

「なにが？」トミーがききました。

「あと四か月でクリスマスよ。そしたら、あんたたちはクリスマス休みがもらえる。だけど、あたしはどう？ なんにも、もらえないのよ」ピッピの声は悲《かな》しそうでした。「だったら、この状況《じょうきょう》を変《か》えなくちゃ。あたし、明日《あした》から学校へ行く」

トミーとアニカは大よろこびで、手をたたきました。

「わーい！ じゃあ、八時にうちの門のまえで待ってるね」

「あら、だめよ、そんなに早くは。それに、あたし、学校へは馬で行くわ」そして、ピッピはそのとおりにしました。

つぎの日の午前十時、ピッピは馬をベランダから庭におろしました。まもなくして、この小さな町の人たちは、だれもが窓辺《まどべ》へかけよりました。なにしろ、馬が町の中を暴走《ぼうそう》していくのですから、見ないわけにはいきません。いいえ、暴走《ぼうそう》していくというのは町の人たちが思ったことで、それはピッピが馬にのって学校へ行くところだったのです。

ピッピは馬を全速力《ぜんそくりょく》で走らせ、つむじ風のように校庭《こうてい》にとびこむと、まだとまっていない馬からひらりとおりて、木の幹《みき》に馬をつなぎ、それから教室のドアをバンといきおいよくあけました。

トミーとアニカをはじめ、おぎょうぎよくすわっていた子どもたちはみんなびっくりして、いすからぴょんとはねあがりました。

「へーイ!」ピッピは大きな帽子《ぼうし》をふりながら、大きな声であいさつしました。「あたし、か・か・・・・かかさんのコツに、まにあった?」

トミーとアニカはまえもって、先生にピッピ・ナガクツシタという新しい女の子がくることを話していました。先生も小さな町で、ピッピのうわさは耳にしていました。先生はやさしくて、いい先生ですから、ピッピが学校になじめるよう、できるかぎりのことはしてあげようと思っていました。

ピッピが勝手《かって》にあいている席《せき》にどすんとすわってしまっても、先生はそのぶしつけなふるまいは気にせず、やさしくピッピに話しかけました。

「よくきてくれたわ、ピッピちゃん。あなたが学校にすぐなじんで、いろんなことを学んでくれるといいなあ、と先生は思ってますよ」

「うん、クリスマス休みをもらいたいの」ピッピはいいました。「あたしは、そのためにここへきたのよ。すべては公平《こうへい》でなくちゃね」

「ではまず、あなたの正式《せいしき》な名前をいってちょうだい。名簿《めいぼ》に書きこみますから」

「あたしの名前は、ピッピロッタ・タベリーナ・カーテンレーヌ・クルクルミント・エフライムノムスメ・ナガクツシタよ。ピッピはニックネームなの。かつては〈海の脅威《きょうい》〉とおそれられた船長で、いまでは南の島の王さまのエフライム・ナガクツシタ、つまり、あたしのパパが、ピッピロッタは長すぎると思ったわけよ」

「なるほど」先生はいいました。「では、わたしたちもピッピとよびましょう。それで、あなたにどれくらい知識《ちしき》があるか、ちょっとテストをしたいんだけど。もうあなたは大きいから、かなりのことを知っていると思うのよ。算数からはじめようかしらね。ねえ、ピッピ。七たす五は、いくつになるかしら？」

ピッピは、えっ？という顔をして先生を見つめ、それからこういいました。

「あんたが知らないことを、あたしにいわせようってのね？」

ほかの子どもたちはぎょっとして、ピッピを見つめました。

先生はあわててピッピに、「学校では、そんなふうにいってはいけません」と説明《せつめい》しました。先生のことを「あんた」なんてよんではいけないのです。先生は「先生」です。

「ごめんなさい」ピッピは、あやまりました。「あたし、知らなかったの。もう二度としません」

「ええ、そうね」先生はいいました。「それで、さっきのこたえですけど、七たす五は、十二です」

「ほらね、やっぱり。知ってるくせに、あんた、なんであたしにきいたの？　あっ、あたしったら、なんてばかなんだろう。『あんた』って、またいっちゃった。ごめんなさい」

ピッピはそういうと、自分の耳を力いっぱいつねりました。

先生は知らん顔をして、テストをつづけました。

「それで、ピッピ。八と四をたすといくつになるかしら？」

「六十七ぐらい」

「ちがいますよ。八たす四は、十二です」

「ええっ、おばさんったら、あんまりよ。たったいま、自分で七たす五が十二だっていったじゃないの！　学校だって、ものごとはきちんとしないとね。おまけに、こんな子どもっぽいことがおもしろいなら、あんたひとりですみっこに行って、数をかぞえてればいいじゃない？　そしたら、あたしたちはおにごっこができるわ。あっ、いけない！」ピッピは、あわててさけびました。「あたしったら、また『あんた』なんていっちゃった。こんどだけは大目《おおめ》に見てね。これからはもう少し、ちゃんと頭にたたきこんでおくから」

先生は、「そうしなさい」といいました。そしてピッピにはこれ以上《いじょう》、算数をおしえてもむだだと思い、かわりにほかの子に質問《しつもん》しました。

「では、トミー。リンゴをリーサが七個《こ》、アクセルが九個《こ》もっています。リンゴは、ぜんぶでいくつありますか？」

「トミー、こたえなさいよ」ピッピが口をはさみました。「ついでに、この質問《しつもん》にもこたえて。リーサはおなかがいたくて、アクセルはもっとおなかがいたいの。これはだれのせい？　それから、そのリンゴはどこからくすねてきたの？」

先生はきこえなかったことにして、アニカのほうをむきました。

「アニカには、この問題ね。グスタフは友だちと遠足に行きました。おこづかいに一クローナもらい、帰ってきたときには七エーレありました。グスタフはいくらつかったでしょう？」

「そのこたえなら」ピッピがまた口をはさみました。「あたしも知りたい。グスタフはなんでそんなに金づかいがあらいの？　ジュースを買ったのかなあ？　ちゃんと耳をあらってから、遠足に行ったのかしら？」

先生は、算数をやめることにしました。ピッピには国語のほうがおもしろいかもしれな

い、と思ったのです。そこで、かわいいハリネズミの絵を棒《ぼう》でさしました。絵には、「i《イー》」の文字がついていました。

「さあ、ピッピ。おもしろいものを見せますよ」先生は早口《はやくち》でいいました。「これはハリネズミです。ハリネズミは、スウェーデン語でイーゲルコットといいますね。ですから、この文字は、『i《イー》』です」

「ふうん、そんなふうには見えないけど」ピッピはいいました。「たての棒《ぼう》に、豆粒《まめつぶ》みたいなハエがのってるだけじゃないの。ハリネズミとハエって、なんの関係《かんけい》があるのよ？」

先生はすかさず、べつの絵をさしました。

こんどはヘビの絵です。

「ここに書いてある字は……」

「ヘビのことなら！」ピッピもすかさず、口をひらきました。「あたし、インドで大蛇《だいじゃ》とたたかったことがあるの。そのヘビのおそろしいことといったら、みんなには想像《そうぞう》もつかないと思うな。長さが十四メートルもあってね。ハチみたいにおこりっぽいし、毎日おとなを五人と、デザートに小さな子どもを二人食べないとおさまらないの。

ある日、その大蛇《だいじゃ》があたしをデザートにしようとしてね。ぐるぐる、ぎゅうって、まきついてきたの。あたしは『七つの海をわたった船乗《ふなの》りよ』といって、頭をガンとなぐってやったわ。大蛇《だいじゃ》はシューってうなってね。もう一度ガンってやったら、こんどはウーンとうなって死んじゃったの。あ、そっか、なるほど。あのときのヘビののたくり具合《ぐあい》が、その字なのね。アハハ、おっかしい！」

ピッピはそこで、ひと息つきました。

先生は、ピッピはうるさくて手のかかる子どもだと思いはじめました。そこで、生徒《せいと》たちに絵をかかせることにしました。お絵かきなら、ピッピもおとなしく参加《さんか》するだろうと思ったのです。

先生は紙とえんぴつをとりだして、子どもたちにくばりました。そして、「なんでも好《す》きなものをかいてちょうだい」というと、自分は教卓《きょうたく》のいすにすわり、みんなの書きとりのノートをチェックしはじめました。

しばらくすると、先生は子どもたちのようすを見ようと顔をあげました。子どもたちはただじっと、ピッピのことを見つめています。ピッピはゆかの上に寝《ね》そべって、夢中《むちゅう》になって絵をかいていました。

「ちょっと、ピッピ」先生は、いらついた声でききました。「どうして紙にかかないんですか？」

「紙は、もういっぱいになっちゃったの。あたしの馬をかこうと思ったら、あんな小さな紙じゃたりないわ。いま、前足《まえあし》をかきおわったところ。しっぽをかくころには、廊下《ろうか》にでちゃうわね」

先生は考えこみました。

「お絵かきはやめて、歌にしましょうか？」

子どもたちはすぐにつくえの横《よこ》に立ちましたが、ピッピだけはまだ、ゆかに寝《ね》ころんでいました。

ピッピはいいました。

「みんな、うたってて。あたしは、ちょっとお休みしてる。こんなにいろいろすることがあると、どんなにじょうぶな人間だって、くたびれちゃうってものよ」

とうとう、先生はがまんできなくなり、子どもたちに「校庭《こうてい》へでなさい」といいました。ピッピとふたりだけで話をしようと思ったのです。

教室に先生とふたりきりになると、ピッピは立ちあがり、教卓《きょうたく》のまえへ行きました。

「ねえ、あんた、じゃなくて、先生。あたし、ここへきて、みんながしていることを見て、おもしろかったわ。でも、あたし、もう学校にこようとは思わない。クリスマス休みのことも、もういいの。リンゴやハリネズミやヘビや、いっぱいいろいろありすぎて、あたし、頭の中がぐるぐるしちゃう。あんたががっかりしないといいんだけど、先生」

けれども、先生はこういいました。

「わたしは本当にがっかりしていますよ。いちばんがっかりしたのは、ピッピ、あなた

S s
F f

がおぎょうぎよくしなかったことよ。あなたのような子は、どんなにのぞんでも、学校にくることをゆるされませんよ」

「あたし、おぎょうぎが悪かったの？」ピッピはとてもおどろいて、ききかえしました。

「自分じゃ、ちっとも気がつかなかった……」

そういったピッピの顔は、とても悲《かな》しそうでした。ピッピほど、悲《かな》しいときに本当に悲《かな》しそうな顔になる子はいないのです。

しばらくのあいだ、ピッピはおしだまっていましたが、やがて声をふるわせていいました。

「ねえ、先生、わかってね。ママは天使で、パパは南の島の王さまで、生まれてからずっと七つの海を旅してきた子どもは、学校でリンゴやハリネズミにでくわしたら、どんなふうにしたらいいか、わからないって」

「よくわかったわ。もうあなたにがっかりしてないし、もう少し大きくなったら、また学校にきてもいいと思うわよ」先生はいいました。

とたんにピッピの顔は、ぱっと明るくなりました。

「あんた、ほんとにいい先生ね。これ、あげる」ピッピはポケットから小さくてきれいな金の時計をとりだすと、教卓《きょうたく》におきました。

「こんな高価《こうか》なもの、もらうわけにいきません」先生はことわりましたが、ピッピは

「いいから、あげる。もらってくれないと、あたし、明日《あした》もくるわよ。そしたら、また大さわぎになるわよ」といいはりました。

それから、ピッピは校庭《こうてい》にとびだしていき、ぱっと馬にまたがりました。子どもたちはみんな、ピッピのまわりにあつまりました。馬をなでたり、ピッピを見送ったりしたかったのです。

「そういえば、あたし、アルゼンチンの学校なら知ってるわ」ピッピは得意《とくい》げにいうと、子どもたちを見おろして、話しつづけました。「みんな、あの学校へ行けばいいのよ。クリスマス休みがおわって三日すると、復活祭《ふっかつさい》休みがはじまって、復活祭《ふっかつさい》休みがおわって三日すると、夏休みがはじまるの。夏休みは十一月一日におわるんだけど、そこからが長いのよ。クリスマス休みがはじまるのは、十一月十一日なんだもん。でも、がまんできるわよ。宿題がないんだから。アルゼンチンでは、宿題は禁止《きんし》なの。たまにクローゼットの中

で、こっそり勉強しようなんて子もいるけれど、お母さんに見つかったらひどい目にあうわよ。算数なんて、ぜったい学校ではやらないし。七たす五がいくつか知っている子が、先生にそのことをいおうものなら、その子は一日じゅう、教室のすみに立たされちゃうの。国語をならうのは金曜日だけ。もちろん、読む本があるときにかぎってね。でも、本があったためしなんか一度もないの」

「じゃあ、学校ではなにをするの？」小さな男の子がたずねました。

「キャンディーを食べるのよ」ピッピは、きっぱりといいました。「近所のキャンディー工場から長いパイプが教室までつながってるの。パイプからは一日じゅう、キャンディーが滝《たき》のようにあふれでてくるから、子どもたちはどんどん食べないといけないの」

「じゃあ、先生はなにをするの？」女の子がたずねました。

「きまってるじゃない、キャンディーの紙をむくのよ、子どもたちのために。子どもたちが自分でそんなことをすると思ったの？　するわけないじゃないの。だって子どもたちは、本当は学校なんか行かないんだもの。かわりに兄《にい》さんか弟を行かせるのよ」ピッピはそこまで話すと、帽子《ぼうし》を大きくふりました。

「じゃあね、みんな。しばらくは会えないわ。でも、アクセルがリンゴを何個《なんこ》もっているかは、おぼえといてね。わすれると、不幸《ふこう》になるからね。アハハ！」ピッピは大きな笑《わら》い声《ごえ》をひびかせながら、校門を馬でかけぬけていきました。

ひづめが砂利《じゃり》をばらばらとけりあげると、校舎《こうしゃ》の窓《まど》ガラスがカタカタと鳴りました。

5　ピッピが門にすわり、木にのぼりました

ごたごた荘《そう》の外に、ピッピとトミーとアニカがいます。ピッピは門柱《もんちゅう》の片方《かたほう》に、アニカはもう片方《かたほう》に、トミーは門の上にすわっています。

八月のおわりの、あたたかいよく晴れた日のことでした。すぐそばのナシの木が門の上に枝《えだ》をひろげているので、子どもたちはすわったまま、なんなくナシをもぐことができました。八月のナシは黄色く色づいて、小さくてもとてもおいしいのです。三人はナシをがりがりかじっては、芯《しん》をペッと道にはきだしました。

ごたごた荘《そう》は小さな町のはずれにあるので、その先には田舎《いなか》の景色《けしき》がひろがっていました。道も、そこからは田舎《いなか》道《みち》に変《か》わります。小さな町の人たちは、ごたごた荘《そう》のほうへ散歩《さんぽ》にくるのが好《す》きでした。このあたりが、町でもいちばん美しいところだからです。

ピッピたちがナシを食べていると、町のほうから女の子が歩いてきました。女の子はピッピたちを見ると足をとめ、たずねました。

「あたしのパパ、通らなかった？」

「さあ、どんな人？　目は青い？」ピッピがききかえしました。

「ええ」

「背《せ》は？　ちょうどいい？　高くも低《ひく》くもない？」

「そうよ」

「黒い帽子《ぼうし》に、黒いくつ？」

「そのとおりよ」女の子は声をはずませました。

「じゃあ、見なかった」ピッピは、きっぱりといいました。

女の子はがっかりして、なにもいわずに通りすぎていきました。

「待って」ピッピは女の子の背中《せなか》にむかって、さけびました。「頭は、はげてる？」

「はげてないわ」女の子は、むっとしてこたえました。

「それはよかったこと」ピッピはそういうと、ナシの芯《しん》をペッとはきだしました。

女の子はさっさと歩きだしましたが、ピッピはまた声をかけました。

「あんたのパパって、耳が異常《いじょう》に大きくて、肩《かた》までたれてる?」

「いいえ」女の子はふりむくと、あきれた顔でいいました。「まさか、そんな大きな耳で歩いている人、見たことあるっていうんじゃないんでしょうね?」

「耳で歩いてる人なんて見たことないわ」ピッピがいいました。「あたしが知っている人は、みんな足で歩いてるわよ」

「あなたって、ばかじゃないの? あたしは、そんな大きな耳をした人を見たことがあるかってきいたのよ」

「ないわ。そんな大きな耳をしている人なんて、いるわけないもの。バランス悪いでしょ、そんな耳の人はいないわ」ピッピはそこまでいうと、ちょっと考えてからつけたしました。

「少なくとも、この国にはね。でも、中国ではちがうのよ。あたし、上海《シャンハイ》で見たことあるの。その人の耳、とても大きくて、マントとして使えるくらいだったのよ。雨がふってきたら、耳の下にもぐりこめるの。あたたかくて、気もちいいのよ。耳にとっちゃ、それほどいい気もちではなかったと思うけど。その人、天気の悪い日には友だちや知りあいをよんで、耳の下でキャンプさせてあげてた。みんな雨がやむまで、耳の下で物悲《ものがな》しい歌をうたってたな。

耳のおかげで、その人はとっても好《す》かれてたの。名前を、ハイシャンっていってね。ハイシャンが毎朝、仕事に行くときのようすを見せたかったな。朝寝坊《あさねぼう》のハイシャンは、いつも遅刻《ちこく》すれすれなの。だから、ふたつの大きな耳を、黄色い帆《ほ》のようになびかせて猛《もう》スピードで走っていくのよ。その姿《すがた》のかわいいことといったら。あんたたちには、わからないわよね」

女の子は立ちどまって、口をぽかんとあけたまま、ピッピの話をきいていました。トミーとアニカも、もうナシを食べるどころではありませんでした。すっかりピッピの話に夢中《むちゅう》になっていたのです。

「ハイシャンにはかぞえきれないくらい、たくさん子どもがいたの。いちばん下の子は、ペッテルっていったわ」

「中国人の子どもがペッテルっていうのは、おかしいよ」トミーが口をはさみました。

「そうなのよ、ハイシャンのおくさんもそういったの。だけど、ハイシャンが頑固《がんこ》でね。『末《すえ》っ子《こ》の名前はペッテルか、それとも名なしにするかどっちかだ』っていいはって、大きな耳を頭にかぶせて、部屋《へや》のすみでふてくされちゃったの。だからかわいそうに、おくさんだって、あきらめるよりしかたなくて、その子はペッテルという名前になったのよ」

「へえ、そうなの」アニカがつぶやきましたが、ピッピは話をつづけました。

「ペッテルは上海《シャンハイ》じゅうで、いちばんわがままな子だったわ。食べものにもうるさくて、お母さん、とってもこまってた。中国ではツバメの巣《す》を食べること、知ってるでしょ？お母さんはお皿いっぱいにツバメの巣《す》をもって、ペッテルに食べさせようとしたの。『ペッテルや、さあ、おあがり。お父さんのために食べてあげてね』って。だけどペッテルときたら、口をぎゅっとむすんで、首を横《よこ》にふるのよ。とうとうハイシャンはおこりだして、『おれのためにツバメの巣《す》を食べるまでは、新しい料理《りょうり》をペッテルにつくってやってはいかん』っていいだしたの。ハイシャンは一度いいだしたら、意見《いけん》をまげない人よ。だから、おなじツバメの巣《す》が台所からでたりはいったり、そんなことが五月から十月までつづいたの。七月十四日に、お母さんが『ペッテルにミートボールを二、三個《こ》あげたらだめですか？』ってきいてみたんだけど、ハイシャンは首をたてにふらなくて」

「ばかみたい」道に立っている女の子はいいました。

「そうなのよ。ハイシャンはいったの。『ばかみたいだ』って。『子どもだって、意地《いじ》をはらなければツバメの巣《す》は食べられる』ってね。それでも、ペッテルは五月から十月まで、口をむすんだままだったの」

「へえ。でも、どうして生きていられたの？」トミーがあきれて、ききました。

「生きていられなかったわ。死んじゃったの。意地《いじ》のはりすぎでね。十月十八日に。十九日にお葬式《そうしき》、二十日に一羽《わ》のツバメが窓《まど》からはいってきて、テーブルの上においたままになっていた巣《す》に、たまごを産《う》んだの。だから、とにかくお皿の巣《す》は役にたったのよ。めでたし、めでたし」ピッピはうれしそうにいうと、道につっ立っている女の子をじろりと見つめました。

女の子は、とまどっているようでした。

「なんて顔してるのよ？　なにか問題でも？」ピッピは問いただしました。「あたしがうそをついているとでも？　えっ、どうなのよ？」

ピッピがおどすように袖《そで》をまくりあげると、女の子は「ち、ちがうわ。あなたがうそをついているなんて、そんな……」と、びくつきながらこたえました。

「そう？　でも、あたし、本当はうそをついたのよ。舌《した》がまっ黒になるくらい。わからなかった？　五月から十月までなにも食べずに、子どもが生きていられるわけないじゃない？　もちろん、三、四か月なら、食べものなしでもやっていけることはあるわ。でも、五月から十月まではむりよ。ばかげた話よ。ひどすぎるうそだって、すぐにさっしなくちゃ。かんたんに人にだまされるようじゃ、だめよ」

するとは女の子はさっさと歩きだし、こんどは二度とふりむきませんでした。

「なんで、かんたんに信《しん》じちゃうのかな」ピッピは、トミーとアニカにつぶやきました。

「五月から十月までなんて、ばかげてるのにね」

それから女の子の背中《せなか》にむかって、声をはりあげました。

「あんたのパパなんか、見なかったわ。きょう一日、はげ頭の人はひとりも見てない。でも、きのうは十七人、通ったわ、うでをくんでね！」

ところで、ピッピの庭はとてもすばらしいものでした。手入れはよくないのですが、一度も刈《か》られたことのない気もちのいい芝生《しばふ》がひろがり、古いバラのしげみには白、黄、ピンクの花が咲《さ》きみだれています。美しくみごとなバラとはいえませんが、とてもいい香《かお》りがするのです。それから、くだものの木もたくさんはえていました。なによりもすばらしいのは、木のぼりにもってこいの、古いナラやニレの木があることでした。

トミーとアニカの家の庭には、のぼれるような木がありませんでしたし、木のぼりなどしたら、おちて、けがをするのではないかと、お母さんがいつも心配していました。ですから、ふたりはあまり木のぼりをしたことがなかったのです。

ところが、いま、ピッピはふたりをさそいました。

「あのナラの木にのぼってみない?」

トミーはそうきかれたとたんにうれしくなって、門からとびおりました。

アニカは、ちょっとためらいました。でも木の幹《みき》に目をやると、足をかけられそうな大きなふしがいくつもあるのが見えました。それで、アニカも木にのぼってみる気になりました。

地面から二メートルほどあがったところで、ナラの木の枝《えだ》は大きくふたつにわかれていました。わかれたまたのところが、ちょうど小さな部屋《へや》みたいになっていて、三人はそこに腰《こし》をおちつけました。頭の上をおおうナラの葉は、まるで緑の屋根《やね》のようです。

「ここでコーヒーがのめたら、すてきね」ピッピがいいだしました。「あたし、おりて、いれてくる」

「わーい！」トミーとアニカは手をたたいて、よろこびました。

まもなく、ピッピがコーヒーをいれてきました。きのう焼《や》いたシナモンロールもあります。ピッピは木の下から、まずはコーヒーカップをほうりあげました。トミーとアニカが木の上でキャッチします。でも、かわりに木がキャッチすることもあったので、カップのうちのふたつはわれてしまいました。ピッピは、すぐに新しいのをとってきました。

つぎはシナモンロールの番です。しばらくのあいだ、木のまわりをシナモンロールがとびかっていましたが、パンはわれることはありませんでした。

そして最後《さいご》に、ピッピが片手《かたて》にコーヒーポットをもって、よじのぼっていきました。クリームはびんに、砂糖《さとう》は小さな箱にいれて、もっていきました。

トミーとアニカがコーヒーをこんなにおいしいと思ったのは、はじめてでした。ふだん家でコーヒーをのむことは、めったにないのです。よその家に、お客としてまねかれたときだけです。そして、いまはピッピにまねかれているのです。

アニカは、ひざの上に少しコーヒーをこぼしてしまいました。はじめじわっと温《あたた》かく、それから冷《つめ》たくなって、しめっぽい感じがしました。でも、アニカは「平気よ」といいました。

コーヒーをのみおえると、ピッピはカップやお皿を芝生《しばふ》になげおとしました。

「最近《さいきん》の焼《や》きものがどれくらいじょうぶか、ためしてみたかったの」

結果《けっか》はすばらしいことに、カップひとつとお皿三枚《まい》が無傷《むきず》でした。ポットも、口が少しかけただけでした。

突然《とつぜん》、ピッピは木をさらに上へとのぼりはじめました。

「わあ、すごい。この木、あながあいてる！」

木の幹《みき》には、本当に大きなあながあいていました。葉がおおっていたので、それまでは気がつかなかったのです。

「ぼくも上へ行って、見てみたいよ」トミーがいいました。ところが返事がありません。

「ピッピ、どこへ行ったの？」トミーは心配になってさけびました。

すると、ピッピの声がきこえてきました。木の上からではありません。ずっと下のほうからです。まるで地下からわいてくるような声です。

「あたし、木の中よ。あなが地面までつながってるの。幹《みき》のわれめからのぞくと、芝生《しばふ》の上にコーヒーポットが見えるわ」

「だけど、どうやって、あがってくるの？」アニカが大声をあげました。

「二度とあがっていけないと思う。ずっとここにいなくちゃ。年をとって、年金をもらえるまで。あんたたち、上のあなからあたしに食べものをなげいれてね。一日に五回か六回」

アニカは泣《な》きだしました。

「なんで泣《な》くの？　めそめそしないでよ」ピッピはいいました。「あんたたちも、ここへおりてくるといいわ。そしたら三人で、〈地下の牢屋《ろうや》でやつれるごっこ〉ができるじゃない？」

「いやよ」アニカはいいました。そして安全第一《だいいち》とばかりに、さっさと木からおりてしまいました。

「あら、アニカ。われめからあんたが見える」ピッピはさけびました。「ポットをふんづけないで。それ、とっても古くていいものなの。人に悪さなんかしたことないんだから。口がかけちゃったけど、それだってポットのせいじゃないし」

アニカは木に近づいてみました。すると細いわれめのあいだに、ピッピの人さし指の先が、ほんの少し見えました。アニカはちょっとほっとしましたが、でもやはり心配でなりません。

「ピッピ、本当にでてこられないの？」アニカがそうきいたとたん、ピッピの人さし指がすっと見えなくなりました。と思うまもなく、木の上のあなからピッピが顔をのぞかせました。

「本気でやれば、のぼれたわ」ピッピは両手《りょうて》で葉っぱをかきわけながら、いいました。

「のぼってくるの、かんたん？」木の上にすわっているトミーがききました。「だったら、ぼくもあなの中におりて、牢屋《ろうや》で少しやつれてみようかな」

「そうね、はしごをもってきたほうがいいわね」ピッピはあなからはいだすと、するす

ると地面におりました。そして走っていって、はしごをかかえてもどってくると、木の上にひっぱりあげ、あなの中におろしました。

トミーはあなの中におりられると思うと、もうじっとしていられません。あなは木の上のほうにあるので、そこまでよじのぼるのはけっこうたいへんでしたが、トミーはひるみませんでした。暗《くら》い幹《みき》の中におりるのも、ちっともこわがりませんでした。

アニカはトミーの姿《すがた》が見えなくなると、もう本当にこれっきり会えないんじゃないかと心配になって、われめから中をのぞきました。

「アニカ」トミーの声がきこえました。「この中、すごいよ。アニカもおりてきなよ。はしごがあるから、ちっともあぶなくないよ。一度ここへおりてきたら、ほかのことはなんにもしたくなくなると思う」

「ほんと？」アニカがききました。

「本当だよ」

そこで、アニカももう一度、ふるえる足で木にのぼっていきました。最後《さいご》のいちばんむずかしいところは、ピッピが手を貸《か》してくれました。木のあなをのぞくとまっ暗《くら》なので、アニカはちょっとしりごみしましたが、ピッピが手をにぎって勇気《ゆうき》づけてくれました。

「だいじょうぶさ、アニカ」下からトミーの声もします。「足が見えてるから、もしもおっこちても、ちゃんとうけとめてあげられるよ」

でも、アニカはおちたりしませんでした。ちゃんとトミーのところへおりていけました。すぐにピッピもおりてきました。

「すごいだろ?」トミーがききました。

アニカも納得《なっとく》しました。思っていたほど暗《くら》くはありません。われめから日の光がもれてくるからです。アニカはわれめに近づいて、外の芝生《しばふ》にコーヒーポットが見えるのをたしかめました。

「ここを、三人のかくれ家《が》にしよう」トミーがいいました。「中に人がいるなんて、だれにもわからないよ。だれかがさがしにきても、ぼくたちからは見える。笑《わら》えるよ」

「われめから細い棒《ぼう》をつきだして、くすぐってやってもいいわね」ピッピもいいました。

「おばけのしわざだと思うわよ」

そう考えると、三人はとても楽しくなって、ぎゅっと肩《かた》をだきあいました。ちょうどそのとき、トミーとアニカの家から食事を知らせる銅鑼《どら》の音がきこえてきました。

「ちぇっ、もう帰らなくちゃ」トミーがいいました。「でも、また明日《あした》こよう。学校から帰ったらすぐに」

「うん、そうしなさいよ」ピッピもいいました。

それから、三人ははしごをのぼりました。まずピッピが、それからアニカ、そしてトミーの順《じゅん》です。木の上にはいでると、まずピッピが、それからアニカ、そしてトミーが地面にとびおりました。

6　ピッピがピクニックを計画しました

「きょうはぼくたち、学校に行かなくていいんだ。そうじ休みの日だから」トミーがピッピにいいました。

「まあ！　またもや不公平《ふこうへい》なことがおきたわ。あたしには、そうじ休みなんてないのよ。本当はとっても必要《ひつよう》なのに。ほら見て、この台所のゆか。あっ、でも」ピッピはちょっと間《ま》をおいてから、いいました。「考えてみれば、休みなんかなくたって、そうじはできるわね。休みだろうとなかろうと、いまからはじめるわ。とめてもむだよ。あんたたち、テーブルの上にのってて。じゃまにならないように」

トミーとアニカはいわれたとおり、テーブルの上にはいあがりました。ニルソンさんも、とびのりました。でもニルソンさんは、すぐにアニカのひざの上でねむってしまいました。

ピッピは大きななべにお湯をわかすと、台所のゆかにざーっとまきました。それからくつをぬいで、パン皿の上にそろえておくと、両足《りょうあし》にゆかみがき用のブラシをくりつけ、スケートのようにすいすいとすべりだしました。ゆかの水をかきわける音が、シャッ、シャッとひびきわたります。

「あたしなら、スケートの女王になれたわね」ピッピはそういうと、左足をえいっと高くあげました。その拍子《ひょうし》に、天井《てんじょう》からつりさがった電気がガシャンとこわれました。

「なにしろ、あたしは気品《きひん》があって、魅力的《みりょくてき》だものね」こんどは、目のまえにあったいすを、ひらりととびこえます。

「さてと、そうじはこれくらいにして」ピッピは両足《りょうあし》からブラシをはずしました。

「ゆかをふいて乾《かわ》かさなくていいの？」アニカがききました。

「日があたって、ひとりでに乾《かわ》くわよ。そのあいだに、ゆかだってまさか風邪《かぜ》なんかひかないだろうし。うごいてさえいればね」

トミーとアニカはテーブルからはいおりると、足をぬらさないように気をつけながら、ゆかを横《よこ》ぎりました。

外はまっ青《さお》な空に、お日さまがきらきらとかがやいていました。森へ行きたくなるような、九月の美しい日です。

ピッピは、いいことを思いつきました。

「ニルソンさんをつれて、ちょっとピクニックに行かない？」

「うん！」もちろん、トミーとアニカも大賛成《だいさんせい》です。

「じゃあ、うちへ帰って、お母さんにことわってきなさいよ。あたしはそのあいだに、ピクニックの用意をしておくから」ピッピがいいました。

トミーとアニカは大よろこびで、すぐに家へ走っていき、またすぐに走ってもどってきました。

ピッピはもうニルソンさんを肩《かた》にのせて、門の外で待っていました。片手《かたて》に杖《つえ》を、もう片方《かたほう》の手に大きなかごをさげています。

三人は田舎道《いなかみち》を少し歩くと、柵《さく》にかこわれているひろい原っぱへはいっていきました。気もちのいい小道が、シラカバの木やハシバミのしげみのあいだをうねるようにつづきます。

やがて、三人は柵《さく》のとびらに行きあたりました。そのむこうには、もっときれいな原っぱがひろがっているのですが、とびらのまえに雌牛《めうし》が一頭すわっていて、どいてくれそうにありません。

アニカは牛にむかって、大声をはりあげました。トミーは勇敢《ゆうかん》にも牛に近づいていって、追いはらおうとしました。それでも牛はびくともせず、大きな目でこちらを見つめかえすばかりです。

とうとう、ピッピが地面にかごをおき、つかつかと牛に近づきました。ピッピは牛をさっともちあげ、さっとわきにおろしました。牛はおどろきあわてて、ハシバミのしげみをかきわけ、逃《に》げていきました。

「雌牛《めうし》のくせに、雄牛《おうし》みたいな石頭ね」ピッピはそういうと、足をそろえて、ひらりと柵《さく》のとびらをとびこえました。「ということは、雄牛《おうし》が雌牛《めうし》みたいになるのもありね？ああ、やだやだ！」

「本当にきれいな原っぱね！」アニカはとびらをぬけると、うれしそうにさけびました。あたりにある岩という岩にのぼってみます。

トミーはピッピからもらったナイフをとりだし、アニカと自分のために、杖《つえ》を二本つくりました。親指をちょっと切ってしまいましたが、たいしたことはありません。

「ちょっと、キノコをとりましょうよ」ピッピはそういったとたん、まっ赤《か》なベニテングダケを一本とりました。「これ、食べられる？　見たところ、のむのはむりね。だから食べるしかない。きっと平気よ！」

ピッピはベニテングダケをがぶりとかじると、ごくんとのみこみました。そして「ほらね、だいじょうぶ！　だけど、このつぎはシチューにしよう」といって、残《のこ》りのキノコを木のむこうへほうりなげました。

「ねえ、ピッピ」アニカがききました。「そのかごには、なにがはいってるの？　おいしいもの？」

「千クローナもらっても、いまは、ひ、み、つ。かごの中身《なかみ》をちゃんとならべられる、ぴったりの場所が見つかるまではね」ピッピはこたえました。

そこで、トミーとアニカはかごの中身《なかみ》にぴったりの場所を、真剣《しんけん》にさがしはじめました。

やがて、アニカはひらたい大きな岩を見つけました。でも岩の上には、赤アリがうようよよ、はいまわっています。

「赤アリとは知りあいじゃないから、いっしょにはすわりたくないな」ピッピがいうと、

「そうだよ、アリはかみつくよ」とトミーもいいました。

「かみつくの？　だったら、かみかえしてやればいいわ」ピッピは、ぴしゃりといいました。

こんどは、トミーがハシバミのしげみのあいだに、小さなあき地を見つけました。トミーは、そこがぴったりの場所だと思いましたが、ピッピはいいました。

「でも、あそこは日あたりがよくないから、あたしのそばかすがよろこばないわ。あたし、そばかすがいっぱいあるって、すてきだと思うの」

そこから少し先へ行ってみると、小さな山がありました。のぼるのは、とてもかんたんです。山の上には日あたりのいい、たいらな岩棚《いわだな》があって、ちょうどバルコニーのようです。三人は、そこにきめました。

腰《こし》をおろすと、ピッピがいいました。

「あたしがならべるあいだ、ふたりとも目をつぶってて」

トミーとアニカはいわれたとおり、目をぎゅっとつぶりました。ピッピがかごのふたをあけて、紙をガサゴソひろげている音がします。

「一、二の十九。はい、いいわよ」ピッピがいいました。

トミーとアニカは目をあけました。とたんに、ふたりは歓声《かんせい》をあげました。たいらな岩の上に、ピッピのごちそうがならんでいたのです。

ミートボールとハムがのった小さなオープンサンドがあります。お砂糖《さとう》のかかったパンケーキがつみかさなっています。茶色いソーセージの山に、パイナップルのプリンが三個《こ》。ピッピはパパの船にのっていたとき、船のコックさんからいろんな料理《りょうり》をならったのでした。

「わあ、そうじ休みって、楽しいねえ」トミーはパンケーキを口《くち》いっぱいにほおばりながら、いいました。「毎日こうだといいな」

「それはだめよ」ピッピはいいました。「あたし、そうじって、そんなに好《す》きじゃないの。楽しいけど、毎日だとあきちゃう」

やがて三人は、もうごけないくらいに、おなかがいっぱいになりました。しばらくのあいだは、そのままじっと日の光をあびていました。

「空をとぶのって、むずかしい？」突然《とつぜん》、ピッピが岩棚《いわだな》の先に目をやり、夢見《ゆめみ》るようにいいました。

岩の下はまっすぐながけになっていて、地面まではかなりの距離《きょり》があります。

「下にとぶのは、やさしそう。上にとぶのは、むずかしい。なにごとも、やさしいことからはじめましょう。あたし、やってみる！」

「だめだめ、ピッピ」トミーもアニカも大声をだしました。「おねがい、ピッピ。やめて！」

けれども、そのときにはもう、ピッピは岩のふちに立っていました。

「とべとべ、とんび、とべとべ、とんぼ、とべとべ、とおくへ、とんでいけー！」そういったとたん、ピッピはうでをひろげ、空中にとびだしました。

数秒後、ドスンと音がしました。ピッピが地面におちたのです。トミーとアニカは腹《はら》ばいになって、おそるおそるがけの下をのぞきました。

ピッピは立ちあがって、ひざをはたいていました。

「うでをばたつかせるの、わすれちゃった。パンケーキでおなかも重かったし」ピッピは、にこにこしながらいいました。

そのときトミーとアニカは、はっと気がつきました。ニルソンさんがいません。どこへ行ったのでしょう。さっきまでは楽しそうに、かごをかみちぎっていました。どうやら、ふたりがピッピの飛行訓練《ひこうくんれん》に気をとられているすきに、ひとりでピクニックにでかけてしまったらしいのです。

ピッピは腹《はら》をたてて、片方《かたほう》のくつを大きな水たまりになげこみました。

「サルなんてつれてくるもんじゃないわ。うちで留守番《るすばん》してればよかったのよ。馬のノミとりをさせておけばよかった。それがサルにはあってたのに」ピッピはぶつくさいいながら、くつをひろいに水たまりにはいっていきました。深《ふか》さは、ピッピの腰《こし》まであります。

「こういうときこそ、頭をあらわなくちゃ」ピッピは水の中に頭をざぶんとつっこむと、水面に泡《あわ》がぶくぶくとうかんでくるまで、ずっとそのままにしていました。それから顔をあげ、「これで、美容院《びよういん》に行く手間《てま》がはぶけたわ」と、うれしそうにいいました。

ピッピが水たまりからでて、くつをはくと、三人はニルソンさんをさがして歩きだしました。

「ねえ、きこえる？　あたしが歩くと音がする」ピッピは笑《わら》いました。「服がピシャピシャ、くつはペシャペシャ。わあ、おもしろい。あんたもやってみればいいのに」ピッピはアニカにいいました。

アニカはピンクのワンピースを着《き》て、小さな足に白い革《かわ》ぐつをはき、金色の絹《きぬ》のように美しいまき毛をゆらしながら歩いています。

「うん、いつかね」おりこうなアニカはこたえました。

三人は歩きつづけました。

「本当にニルソンさんには頭にくるわね。いつだって、こうなんだから。スラバヤでも一度、あたしから逃《に》げだして、年よりの未亡人《みぼうじん》のところでお手伝《てつだ》いさんをしてたのよ」ピッピはそういうと、ひと息おいてからつけたしました。「最後《さいご》にいったことは、もちろん、うそよ」

「ねえ、三人べつべつのところをさがそうよ」トミーが提案《ていあん》すると、アニカはひとりになるのをいやがりました。

「なあんだ、こわいんだ。弱虫《よわむし》！」

トミーにこういわれては、アニカだってひきさがれません。

三人はわかれて、それぞれべつのほうへ歩きだしました。

トミーは、原っぱをつっきっていきました。するとニルソンさんのかわりに、ちがうものを見つけました。雄牛《おうし》です。正しくいえば、雄牛《おうし》のほうがトミーを見つけたのです。雄牛《おうし》はトミーが気にいりません。気があらいうえに、子どもが大きらいなのです。雄牛《おうし》は頭を低《ひく》くして、うなり声をあげながら、トミーに突進《とっしん》してきました。トミーは森じゅうにひびく悲鳴《ひめい》をあげました。

ピッピとアニカはその声を耳にすると、すぐにかけつけましたが、そのときにはもう雄《お》牛《うし》はトミーを角《つの》でひっかけ、空高くなげあげていました。

「なんて、ばかな雄牛《おうし》なの！」ピッピはアニカにいいました。

アニカはすっかりおびえて、泣《な》いていました。

「こんなことして。トミーの白いセーラー服がよごれちゃったじゃないの。あのばか雄《お》牛《うし》と話をつけてくる」ピッピは、さっそく実行《じっこう》にうつしました。雄牛《おうし》につめよると、「おじゃまして、ごめんなさい」といって、しっぽをぐいっとひっぱったのです。
しっぽをひっぱられた雄牛《おうし》はピッピをふりむくと、こっちの子も角《つの》でつついてやろうとかまえました。

「おじゃまして、ごめんなさい」ピッピは、もう一度いいました。つづけて「折《お》りまして、ごめんなさい」といって、角《つの》の片方《かたほう》をバキッと折《お》りました。さらには「今年は二本角《にほんづの》は、はやらないのよ。一本角《いっぽんづの》がおしゃれなの。どうしても、角《つの》がほしいというならね」といって、もう一本も折《お》りました。

雄牛《おうし》というのは、角《つの》には感覚《かんかく》がないものなので、角《つの》がなくなったことにはまったく気がつきません。雄牛《おうし》は鼻息《はないき》もあらく、ピッピにつっかかってきました。これがピッピでない子どもだったら、おしつぶされ、こてんぱんにのされていたでしょう。

「ハハハ、くすぐらないで」ピッピは声をあげました。「くすぐったいよう。やめてってば。くすぐったくて、死んじゃうよう」

けれども雄牛《おうし》は、やめません。そこで、ピッピは雄牛《おうし》の背中《せなか》にとびのって、ひと休みすることにしました。

でも、休んでいる場合ではありませんでした。雄牛《おうし》は背中《せなか》にのられたのが、ますます気にいらなくて、ピッピをふりおとしてやろうと、めちゃくちゃにからだをよじり、あばれだしたのです。

ピッピは足でぎゅっと雄牛《おうし》の胴《どう》をはさんで、すわりつづけました。雄牛《おうし》はうなり声をあげながら、鼻から湯気《ゆげ》をふきだして、原っぱを走りまわります。ピッピははしゃぎながら、木《こ》の葉《は》のようにぶるぶるふるえているトミーとアニカに手をふりました。雄牛《おうし》はその場でぐるぐるまわって、背中《せなか》の荷物《にもつ》を吹《ふ》きとばそうとしましたが、ピッピはびくともせずに、

「お友だちとおどりましょう！」と歌をうたいました。

そんなこんなをしているうちに、とうとう雄牛《おうし》のほうがへとへとになって、地面にどさっとたおれました。人間の子どもなんか、この世《よ》からひとりもいなくなれ、と雄牛《おうし》は思ったことでしょう。いまのいままでだって、この世《よ》に子どもが必要《ひつよう》だと感じたことは一度もなかったでしょうけれど。

「お昼寝《ひるね》がしたいの？　だったら、じゃましないわ」ピッピは雄牛《おうし》にやさしく話しかけると背中《せなか》からおりて、トミーとアニカのところへ歩いていきました。

トミーは少し泣《な》いていました。片方《かたほう》のうでをすりむいたせいですが、アニカがハンカチをまいてくれたので、もういたくはありませんでした。

「ああ、ピッピ!」アニカは思いあまって、声をあげました。

「しっ」ピッピは声を低《ひく》くして、いいました。「雄牛《おうし》をおこさないで。やっとねむったのよ。おこしたりしたら、またきげんが悪くなるわ」

ところがつぎの瞬間《しゅんかん》、ピッピは寝《ね》ている雄牛《おうし》のことなどすっかりわすれて、大声をはりあげました。

「ニルソンさん、ニルソンさん、どこにいるの? あたしたち、帰るわよ」

すると、どうでしょう。むこうの森のマツの木に、ニルソンさんがすわりこんでいるのが見えました。ニルソンさんはしっぽをしゃぶり、泣《な》きそうな顔をしています。小さなサルにとって、森の中にひとりぼっちにされることほど心細いことはないからです。

ニルソンさんはあっというまに木からおりてくると、いきおいよくピッピの肩《かた》にとびのりました。そして、いつもうれしいときはそうするように、麦《むぎ》わら帽子《ぼうし》をふりました。

「こんどは、どこかの家のお手伝《てつだ》いさんにならなかったのね」ピッピはそういいながら、ニルソンさんの背中《せなか》をなでました。「待って、あの話がうそだったのは本当よね？　でも本当なら、うそじゃないか……」ピッピは考えつづけました。「ってことは、ニルソンさんはスラバヤでお手伝《てつだ》いさんになったことがある。つまり、きょうからミートボールをつくるのはだれか、わかっちゃった」

ピッピたちは、家をめざして歩いていきました。あいかわらず、ピッピの服はピシャピシャ、くつはペシャペシャ、音をたてていました。

トミーとアニカは雄牛《おうし》のことはあったけれど、それでもとても楽しい一日だったと思いました。

ふたりは、学校でならった夏の歌をうたいました。もうすぐ秋でしたが、この歌はきょうにぴったりだと思ったからです。

夏の晴れた日に
森をぬけ　牧場《まきば》をわたる
つらいことなど　なにもない

歌を　うたおう　ヤッホー　ヤッホー
小さなきみも　おいで　うたおう
家に　こもっていてはだめ
ぼくらは　楽しい合唱隊《がっしょうたい》
うたいながら　どんどん　のぼる
丘《おか》のてっぺん　めざして　のぼる
夏の晴れた日に
うたい　進もう　ヤッホー　ヤッホー

ピッピもうたいましたが、歌詞《かし》はおなじではありませんでした。

夏の晴れた日に
森をぬけ　牧場《まきば》をわたる
必要《ひつよう》せまれば　即実行《そくじっこう》

あたしが歩くと　音がする
服はぬれてる　ピシャピシャ　ピシャピシャ
くつもぬれてる　ペシャペシャ　ペシャペシャ
かわりばんこに　ピシャピシャ　ペシャペシャ
雄牛《おうし》は　あばれる大ばか者
お菓子《かし》は　あたしが好《す》きなもの
夏の晴れた日に
あたしが歩くと　音がする
ピシャペシャ　ペシャピシャ！

7　ピッピがサーカスへ行きました

小さな町に、サーカスがやってきました。どの家の子も、「サーカスを見に行きたいから、おこづかいをちょうだい」と、お父さんお母さんのところへ走っていきました。もちろん、トミーとアニカもそうしました。ふたりのやさしいお父さんは、すぐにぴかぴかの銀貨《ぎんか》をくれました。ふたりはお金をにぎりしめると、ピッピのところへ走っていきました。

ピッピは、馬といっしょに玄関《げんかん》まえのベランダにいました。馬のしっぽを何本《なんぼん》ものおさげに編《あ》んで、先に赤いリボンをつけてやっています。

「きょうは、この馬の誕生日《たんじょうび》のはずなの。だから、おしゃれしてあげてるのよ」ピッピはいいました。

「ピッピ……」全速力《ぜんそくりょく》でかけてきたトミーは、息をきらしながらいいました。「いっしょに、サーカスへ、行かない？」

「あたしは、どこだって好《す》きなところへ行けるわよ。だけど、サルカスはわからない。サルカスってなに？　いたいの？」

「なにいってるんだ、いたいわけないじゃないか。すっごく楽しいものだよ。馬やピエロや綱《つな》わたりをするきれいな女の人がいるんだ」

「でも、お金がいるのよ」アニカはそういうと、たしかめるように小さな手をひろげてみせました。手のひらには、大きな二クローナ玉がひとつと五十エーレ玉がふたつ、ぴかぴか光って、ちゃんとのっていました。

「あたしなら、トロルみたいにお金もちよ」ピッピはいいました。「だから、いつだってサルカスをまるごと買えると思う。でも、これ以上、馬はいらない。せまくてこまるもの。ピエロや女の人は洗《せん》たく小屋《ごや》につめこめばいいけど、馬はめいわくよ」

「ピッピったら」トミーはあきれたように、いいました。「サーカスは、まるごと買うんじゃないよ。行って見るのに、お金がいるんだ」

「ええ、そんな！」ピッピは声をはりあげると、目をぎゅっとつぶりました。「見るのにお金がいるの？　あたし、毎日、いつも見てきたのよ。いくらお金をつかっちゃったか、わからないわ」

それからピッピはそろそろと片目《かため》をあけると、目玉をぐるぐるまわしながら、いいました。

「やっぱり、お金がかかってもしょうがないわ。目をあけて、見ないわけにはいかないものね」

そこで、トミーとアニカはサーカスについて、もっとくわしく説明《せつめい》しました。ピッピはどうにか理解《りかい》したらしく、カバンから金貨《きんか》を何枚《なんまい》かとりだし、頭には水車くらいある大きな帽子《ぼうし》をかぶりました。

こうして、三人はサーカスへでかけていきました。

サーカスのテントの外には、たくさんの人があつまっていました。チケット売り場には、長い行列ができています。

しばらくして自分の番がくると、ピッピはガラスの窓《まど》に頭をつっこんで、チケットを売っている愛想《あいそ》のいいおばさんをじろじろとながめました。

「あんたを見るのは、いくらなの？」

おばさんは外国からきた人なので、ピッピの質問《しつもん》がよくわからず、外国語なまりでこたえました。

「Aしぇき五クローニャ、Bしぇき三クローニャ、立ち見のしぇきは一クローニャ」

「そっか。で、あんたも綱《つな》わたりするって、約束《やくそく》してね」

するとトミーが進みでて、おばさんにいいました。

「ピッピに、B席《せき》をおねがいします」

ピッピが金貨《きんか》を一枚《まい》さしだすと、おばさんはうたがわしそうにそれを見つめました。本《ほん》物《もの》かどうかかんでみて、まぎれもない本物《ほんもの》だとわかると、ピッピにチケットをわたしました。おつりの銀貨《ぎんか》も、たくさんくれました。

「こんな小さな白いお金、どうしろっていうの？」ピッピはぶすっとして、いいました。

「あんたにあげる。そのかわり、あんたを二回見せてね。立ち見のしぇきでね」

ピッピがおつりを頑《がん》としてうけとらないので、おばさんはチケットをA席《せき》にかえました。

トミーとアニカにも、まだお金をはらっていないのに、A席《せき》のチケットをくれました。

というわけで、三人はテントの中のいちばんまえの、円形の舞台《ぶたい》にいちばん近い、赤いりっぱないすに、すわれることになったのです。トミーとアニカはなんどもふりむいて、ずっとうしろの席《せき》にすわっている学校の友だちに手をふりました。

「変《へん》なテントね」ピッピはつぶやくと、きょろきょろとあたりを見まわしました。「ゆかにおがくずがちらかってるわ。あたし、口《くち》うるさいほうじゃないけど、だらしなさすぎやしない？」

「馬が走りやすいように、サーカスでは舞台《ぶたい》のゆかに、おがくずをまくものなんだよ」トミーが説明《せつめい》しました。

舞《ぶ》台《たい》のさらに一段《だん》高いところには、楽団《がくだん》がならんでいました。

突然《とつぜん》、威勢《いせい》のいい行進曲がはじまりました。ピッピはうれしくなって、手をしゃんしゃんたたき、いすの上でぴょんぴょんとびはねました。

「きくのにもお金がいるの？　それとも、ただ？」

ピッピが質問《しつもん》したちょうどそのとき、舞台《ぶたい》のおくのカーテンがさっとひらいて、黒いえんび服を着《き》たサーカスの団長《だんちょう》さんが、ムチを手に走りでてきました。そのすぐあとから、頭に赤い羽根飾《はねかざ》りをつけた白い馬も十頭、とびだしてきました。

団長《だんちょう》さんがムチを鳴らすと、馬たちは舞台《ぶたい》の上をぐるぐるかけだしました。

つぎのムチの合図《あいず》で、馬たちは舞台《ぶたい》をとりかこんでいる手すりに前足《まえあし》をかけて、うしろ足で立ちあがりました。そのうちの一頭は、ピッピたちのすぐ目のまえにいます。アニカはあまりにも近くに馬がいるのがこわくて、いすの背《せ》にぴたりとはりつき、ちぢこまりました。

ところがピッピは身《み》をのりだすと、馬の前足《まえあし》をもちあげていいました。

「こんにちは！　うちの馬がよろしくって。うちの馬もきょうが誕生日《たんじょうび》なの。おいわいの飾《かざ》りは、頭の羽根《はね》じゃなくて、しっぽのリボンなんだけどね」

運よくピッピが馬の足をはなしたところで、団長《だんちょう》さんがもう一度ムチを鳴らしました。馬たちはいっせいに手すりから前足《まえあし》をおろし、また舞台《ぶたい》の上をかけだしました。

馬の芸《げい》がおわると、団長《だんちょう》さんはふかぶかとおじぎをし、馬たちはカーテンのおくにかけこんでいきました。と思うや、またすぐにカーテンがひらいて、つややかな白い馬が一頭でてきました。背中《せなか》には緑の絹《きぬ》のタイツをはいた、きれいな女の人が立っています。プログラムには、ミス・カルメンシータという名前がのっていました。

馬は舞台《ぶたい》のおがくずの上をとことことかけまわり、ミス・カルメンシータはにこにことほほえみながら、おちつきはらって馬の背中《せなか》でポーズをとりました。

ところがそのとき、事件《じけん》がおこりました。馬がピッピの席《せき》のまえを通りすぎたとき、ヒュッと風を切る音がしたのです。それは、まぎれもなくピッピの音でした。見ればピッピはもう、馬の背中《せなか》に立っているではありませんか。ミス・カルメンシータのまうしろに。

ミス・カルメンシータはびっくりして、馬からおちそうになりました。それから、おこりだしました。両手《りょうて》をうしろにまわして、ピッピをはらいおとそうとしますが、うまくいきません。

「じたばたしないで」ピッピはいいました。「あんただけ、楽しむなんてずるいわよ。ほかの人たちだって、お金をはらってるんだから！」

ミス・カルメンシータはしかたなく、自分が馬からとびおりようとしました。でも、それもうまくいきませんでした。ピッピが腰《こし》に手をまわして、おさえこんでいたからです。

舞台《ぶたい》を見ていた人たちは、笑《わら》いをこらえきれなくなりました。そのおかしいことといっ

たら。なにしろ、美しいミス・カルメンシータが、小さな赤毛の女の子につかまえられているのです。その子は大きなくつをはき、馬の背中《せなか》になにくわぬ顔で立っています。まるで、生まれながらのサーカス芸人《げいにん》といった、いでたちです。

でも、サーカスの団長《だんちょう》さんは笑《わら》っていませんでした。団長《だんちょう》さんが合図《あいず》を送ると、赤い制《せい》服《ふく》を着《き》た警備員《けいびいん》たちが走っていって、馬をとめました。

「あら、もうおわり？」ピッピはがっかりして、いいました。「いま、いいところなのに」

「う、う、うるしゃい！」団長《だんちょう》さんは声をしぼりだしました。「う、う、うしぇろ！」

ピッピはしゅんとして、団長《だんちょう》さんを見つめました。

「どうして？　どうして、そんなにおこるの？　みんなで楽しくやろうと思ったのに」

ピッピは馬からとびおりると、自分の席《せき》へもどりました。ところがそこへ、体格《たいかく》のいい警備員《けいびいん》がふたり、ピッピをつれだしにやってきました。ふたりはピッピをつかまえ、もちあげようとしたのです。

でも、うまくいきませんでした。ピッピはびくともせず、いすに腰《こし》かけています。いくらひっぱっても一ミリも、うきあがらないのです。ふたりは肩《かた》をすくめて、ひきあげていきました。

そのあいだに、つぎのだしものがはじまりました。ミス・エルヴィラの綱《つな》わたりです。ミス・エルヴィラはピンクのチュールのドレスを着《き》て、手にピンクのパラソルをもっていました。こまやかなステップで、綱《つな》を小走《こばし》りにわたっていきます。とちゅうで片足《かたあし》をあげたり、ふってみたりする、むずかしい技《わざ》も披露《ひろう》しました。本当にすばらしい演技《えんぎ》です。さらには、綱《つな》の上をうしろむきに歩いてみせました。ところが綱《つな》のはしにある台のところまできてふりむくと、そこにはピッピが立っていました。

ミス・エルヴィラのびっくりした顔を見ると、ピッピはうれしそうにいいました。

「どうしたの？」

ミス・エルヴィラはなにもいわずに舞台《ぶたい》にとびおりると、団長《だんちょう》さんの首にしがみつきました。団長《だんちょう》さんは、ミス・エルヴィラの父親なのです。

団長《だんちょう》さんは、こんどこそピッピをほうりだそうと、五人の警備員《けいびいん》を送りだしました。五人もですよ！

ところが観客《かんきゃく》が足をふみならし、手をたたいて、さわぎだしました。

「その子にやらせろ！　赤毛の子の芸《げい》を見せろ！」

ピッピは綱《つな》の上に走りでました。ピッピのすることにくらべたら、ミス・エルヴィラの芸《げい》なんてたいしたことはありません。

ピッピは綱《つな》のまん中までくると、天井《てんじょう》にむけて片足《かたあし》をまっすぐあげました。大きなくつが、まるでピッピの頭の上にかぶさる屋根《やね》のようです。さらにピッピは足首をちょっとまげて、くつの先で耳のうしろをかいて見せました。

団長《だんちょう》さんは、自分のサーカスでピッピに好《す》き勝手《かって》にされるのは、ぜったいにゆるせません。あの小娘《こむすめ》を追いはらおうと、綱《つな》をはっておく機械《きかい》にしのび足で近づき、綱《つな》をゆるめました。これであの子もころげおちるだろうと思ったのです。

ところが、ピッピはおちませんでした。ゆるんだ綱《つな》に腰《こし》かけると、まえにうしろにゆすりはじめたのです。綱《つな》のゆれは、どんどん早くなります。そして突然《とつぜん》、ピッピは空中にとびだしたかと思うと、ぽーんと団長《だんちょう》さんにとびうつりました。

団長《だんちょう》さんはおどろきあわてて、かけだしました。

「この馬は、さっきのより楽しいわ。だけど、なんで、たてがみに飾《かざ》りをつけてないの？」ピッピはいいました。それから、もうそろそろトミーとアニカのところにもどったほうがいいと思い、団長《だんちょう》さんからすべりおりて、自分の席《せき》につきました。

つぎのだしものが、はじまるはずです。でも、少し間《ま》があきました。団長《だんちょう》さんが舞台《ぶたい》からおりて、水をのみ、髪《かみ》をとかさなければならなかったからです。

団長《だんちょう》さんはふたたび舞台《ぶたい》に姿《すがた》をあらわすと、観客《かんきゃく》におじぎをしていいました。

「紳士淑女《しんししゅくじょ》のみなしゃま、つづいてお見しぇしましゅのは、この世《よ》のふしぎ、世界一の力もち、負けを知らぬ怪力《かいりき》アドルフでございましゅ。では、みなしゃま。怪力《かいりき》アドルフの登場でございましゅ！」

舞台《ぶたい》には大きな男がでてきました。肌《はだ》とおなじ色のぴったりした下着《したぎ》を身《み》につけ、腰《こし》に豹《ひょう》の毛皮をまいています。男は観客《かんきゃく》におじぎをすると、満足《まんぞく》そうに笑《え》みをたたえました。

「どうでしゅ？この筋肉《きんにく》」団長《だんちょう》さんはそういって、アドルフの二のうでをつかみました。なるほど、筋肉《きんにく》が皮膚《ひふ》の下で、ボールのようにもりあがっています。

「では、みなしゃま。ここで、しゅばらしい提案《ていあん》をいたしましょう。どなたか、この怪《かい》力《りき》アドルフとレスリングをしたい方《かた》、おられましぇんか？　世界一の力もちを負かしょうという勇気《ゆうき》のある方《かた》？　怪力《かいりき》アドルフを負かした方《かた》には、ひやくクローニャの賞金《しょうきん》をしゃしあげましゅぞ。しゃあしゃあ、どうぞ舞台《ぶたい》にあがってきてくだしゃい」

そういわれても、だれもでていきません。

「あのおじさん、なんていったの？」ピッピがトミーにききました。「どうして、あんなになまってるの？」

「あの大男を負かしたら、百クローナあげるっていってるんだ」

「あたしなら、勝てるわ。でも、あの大男がかわいそうね。いい人みたいだもの」

「勝てっこないわよ」アニカが口をはさみました。「世界一強い男の人なのよ」

「男の人ね！　だけど、あたしは世界一強い女の子よ！」ピッピは、いいきりました。

そのあいだも、怪力《かいりき》アドルフは大きな鉄の球《たま》をもちあげたり、太い鉄の棒《ぼう》をまげたりして、力の強いことを観客《かんきゃく》に見せつけています。

「しゃあしゃあ、みなしゃま」団長《だんちょう》さんが、また大声をはりあげました。そして、「ひやくクローニャほしい方《かた》、だれもいましぇんか？　このひやくクローニャは、わたしがしまっておくしかないか?」といいながら、百クローナ札《さつ》をひらひらさせました。

するとそのとき、ピッピが「しまっておくことなんかないわ」といって、舞台《ぶたい》の手すりをのりこえました。

団長《だんちょう》さんはピッピを見ると、むきになりました。

「うしぇろ!　おまえは目じゃわりじゃ!」

「どうして、あんたはいつも、あたしにいじわるなの?」ピッピはうらみがましく、いいました。「あたしは、怪力《かいりき》アドルフとたたかってみたいだけなのに」

「ふじゃけてる場合とちがうぞ。うしぇろ。怪力《かいりき》アドルフがおこりだしゃないうちに!」

団長《だんちょう》さんは、いっそう声をはりあげました。

けれども、ピッピは団長《だんちょう》さんの横《よこ》をさっさと通りすぎると、怪力《かいりき》アドルフのまえへ進みでました。そしてアドルフの大きな手をとり、うれしそうに握手《あくしゅ》しました。

「さあ、あんたとあたしで、ひと勝負《しょうぶ》よ」

怪力《かいりき》アドルフはピッピを見おろしましたが、状況《じょうきょう》がよくのみこめません。

「一分たったら、はじめるわよ」ピッピはいいました。

そして、本当にはじめました。ピッピはアドルフの腰《こし》をしっかとつかむと、あれよあれよというまに、大男をマットにたおしてしまいました。アドルフは顔をまっ赤《か》にして、あわてて立ちあがりました。

「いいぞ、ピッピ！」トミーとアニカがさけびました。

その声はサーカスを見ていたほかの人たちにもきこえたので、みんなも「いいぞ、ピッピ！」とさけびました。

団長《だんちょう》さんは手すりに腰《こし》をおろし、あまりのくやしさに手をもみしだきました。

でも、もっとくやしかったのは怪力《かいりき》アドルフです。これまでの人生で、こんなひどい目にあったことはありません。こうなっては、怪力《かいりき》アドルフがどんなに強い男か、この赤毛の小娘《こむすめ》に思い知らせてやらなければなりません。怪力《かいりき》アドルフはピッピに突進《とっしん》すると、両《りょう》わきから力いっぱい、おさえこみました。ところが、ピッピはまるで岩みたいに、びくともしないのです。

「さあ、もっとしっかり！」ピッピは敵《てき》に声をかけると、すぐにその手をふりほどきました。つぎの瞬間《しゅんかん》、アドルフはまたもやマットの上にたおれていました。ピッピはそばに立って、待っています。でも、待つまでもありませんでした。アドルフはものすごいうなり声をあげると、あわてて立ちあがり、もう

一度ピッピに立ちむかっていきました。

「あらまあ、おやまあ」ピッピはいいました。

「がんばれ、ピッピ！」観客《かんきゃく》はみんな足をふみならし、天井《てんじょう》にむかって帽子《ぼうし》をなげました。

さて三度めに怪力《かいりき》アドルフがとびかかってくると、ピッピは敵《てき》をひょいともちあげて、そのうでをまっすぐのばしたまま、舞台《ぶたい》の上をのしのしと歩きまわりました。それからアドルフをマットにおろし、おさえこむと、いいました。

「ねえ、おじちゃん。もうこれくらいにしよう。これ以上《いじょう》やっても、あんまりおもしろくないわ」

「ピッピが勝った！ピッピの勝ちだ！」観客《かんきゃく》は、いっせいにさけびました。

怪力《かいりき》アドルフはあたふたと、舞台《ぶたい》のおくへひっこみました。

団長《だんちょう》さんはしぶしぶとピッピのところへ行き、百クローナ札《さつ》をさしだしました。でも、その顔には、このにくたらしい小娘《こむすめ》をたいらげてしまいたい、と書いてありました。

「はい、おじょうしゃん。ひやくクローニャ！」

「なによ、これ？」ピッピは、こばかにしたようにいいました。「こんな紙きれ、あたしにどうしろっていうの？　あんた、とっておきなさい。ニシンでもつつんで焼《や》けば？」

そして、ようやく自分の席《せき》にもどりました。

「サルカスって、ずいぶん長くかかるのね。ちょっと寝《ね》てもいいわよね。でも、またあたしが役にたちそうになったら、おこして」ピッピはトミーとアニカにそういうと、背《せ》もたれによりかかり、すぐにねむってしまいました。

そのあと、剣《けん》をのむ男やピエロやヘビつかいがトミーとアニカとほかの観客《かんきゃく》たちのために芸《げい》を披露《ひろう》しましたが、ピッピはずっといびきをかいていました。

「だけど、なんてったって、ピッピが最高《さいこう》だったね」トミーはアニカにささやきました。

8　ピッピがどろぼうにはいられました

サーカスのあと、小さな町では、ピッピがものすごい力もちだということを知らない人は、いなくなりました。新聞にものったくらいです。でも、ほかの場所に住んでいる人は、ピッピがどんな子か、なにも知らないままでした。

ある暗《くら》い秋の夜、ごたごた荘《そう》のまえの道を、ふたりの男が通りかかりました。実《じっ》はこのふたり、二人組の手くせの悪いどろぼうで、なにか盗《ぬす》めるものはないかと、国じゅうを歩きまわっているのです。ふたりはごたごた荘《そう》の窓《まど》に明かりがついているのを目にすると、ちょっとはいって、パンとチーズでもねだろうと思いつきました。

ピッピはその夜《よ》、カバンにしまってある金貨《きんか》をぜんぶ台所のゆかにひろげて、数をかぞえていました。計算は得意《とくい》ではありませんでしたが、それでもたまには金貨《きんか》をかぞえることにしていました。きちんと整理しておくためです。

「……七十五、七十六、七十七、七十八、七十九、七十と十、七十と十一、七十と十二、七十と十三、七十と十七。あーあ、七十ばっかりで、七十がのどにひっかかっちゃった。べつの数だってあるはずよ。あっ、そうだ！　百四、千……。本当にこの金貨《きんか》、たくさんあるわね」

ピッピがつぶやいたちょうどそのとき、玄関《げんかん》のドアをたたく音がきこえました。

「はいってきてもいいし、そこにいてもいいわ。好《す》きにして」ピッピはさけびました。

「あたしは、強制《きょうせい》しないわよ」

するとドアがあいて、ふたりの男がはいってきました。とたんに男たちがどんなに目をまるくしたかは、もうおわかりでしょう。赤毛の小さな女の子が、たったひとりでゆかにすわって、山のような金貨《きんか》をかぞえていたのですから。

「この家にいるのは、おまえひとりか？」男たちは、ようすをさぐるようにたずねました。

「ひとりじゃないわ。ニルソンさんもいるもの」ピッピはこたえました。

どろぼうたちには、ニルソンさんがいま、おなかに人形用のふとんをかけて、緑色のべ

ッドでねむっている小さなサルだとは思いもよりません。ニルソンさんというのは、この家の主人だろうとかんちがいして、たがいに目くばせしあいました。それは「しばらくしてから、またこようぜ」という意味《いみ》でしたが、ピッピには「時計を見たかっただけで」といいました。もう金貨《きんか》のことで頭がいっぱいで、パンとチーズをねだることなど、すっかりわすれていたのです。

ピッピはいいました。

「あんたたち、いい年して、時計も知らないの？　いったい、なにをならってきたのよ？　いい？　時計っていうのはね。小さなまるい機械《きかい》で、チックタックいって、進んでも進んでもドアに行きつかないものなのよ。なぞなぞがほかにあるなら、いってごらん。いくらでも、きいてあげるわ」

どろぼうたちは、ピッピが子どもだから事態《じたい》がよくのみこめていないのだろうと思い、くるりとむきを変《か》え、そのまま、なにもいわずにでていこうとしました。

すると、ピッピがまた口をひらきました。

「あんたたち、『ありがタック』もいわないで、でていくつもり？　せめて『チックは役にタック』ぐらい、いってもいいんじゃない？　常識《じょうしき》なさすぎよ。でも、まあ、いいわ。どうぞ、お元気で」

ピッピはふたたび、金貨《きんか》をかぞえはじめました。

ふたりのどろぼうは外へでると、あまりのうれしさに、両手《りょうて》をこすりあわせました。

「見たか？　あの金。おれたちにも運がむいてきたようだぜ」ひとりがいうと、もうひとりも「まったくだ」と、あいづちをうちました。「あとは、あの子とニルソンさんとやらが、ねむっちまうのを待つだけだ。しのびこんだあかつきには、あの金貨《きんか》をそっくりいただくとしよう」

ふたりは、庭のナラの木の下に腰《こし》をおろしました。ちょうど霧雨《きりさめ》がふってきましたし、おなかもぺこぺこだったので、待つのも楽ではありませんでした。でも、あの金貨《きんか》のことを考えれば、おのずと元気がでるというものです。

よその家はぼちぼち暗《くら》くなっていきましたが、ごたごた荘《そう》だけはあいかわらず、こうこうと明かりがともっていました。ポルカの練習をはじめたピッピが、うまくおどれるようになるまでは寝《ね》ないつもりになっていたのです。それでもしばらくすると、ついに、ごたごた荘《そう》の窓《まど》も暗《くら》くなりました。

さらに少しのあいだ、ニルソンさんとやらが確実《かくじつ》にねむっただろうと思えるまで、どろぼうたちは待ちました。それから台所の入口へまわり、どろぼう用の道具でドアをこじあけにかかりました。そのとき、たまたま取っ手にふれたどろぼうのひとりが――この男はブロムという名前なのですが――かぎがかかっていないことに気がつきました。

「ばかだねえ。かぎをかけわすれるとは」ブロムは、あいぼうの耳にささやきました。

「おれたちには好都合《こうつごう》だぜ」黒い髪《かみ》のあいぼうは、こたえました。こっちの男は、どろぼう仲間《なかま》から雷《かみなり》カールソンとよばれていました。

雷《かみなり》カールソンは懐中電灯《かいちゅうでんとう》をつけました。ふたりは台所へしのびこみました。だれもいません。となりの部屋《へや》はピッピの寝室《しんしつ》です。ニルソンさんの小さなベッドも、そこにあります。雷《かみなり》カールソンはドアをあけると、そっとのぞきこみました。しずかです。懐中電灯《かいちゅうでんとう》で、部屋《へや》の中をぐるりと照《て》らしてみました。

光の先がピッピのベッドにあたったとたん、どろぼうたちはドキッとしました。まくらの上に足が二本、にょっきり、のっかっていたからです。ピッピはいつものように、ベッ

ドの足側《あしがわ》のほうに頭をおいて、ふとんをすっぽりかぶって寝《ね》ていました。

「あれは、あの女の子だな」雷《かみなり》カールソンはブロムにささやきました。「ぐっすりお休みだぜ。で、ニルソンはどこだろうな？」

「ニルソンさんなら」ふとんの下から、ピッピのおちついた声がきこえました。「そこの緑色の人形のベッドに寝《ね》てるわよ」

どろぼうたちは、びっくりぎょうてんして、すぐに逃《に》げだそうとしました。でもそのとき、ピッピのことばがよみがえりました。ニルソンさんなら、そこの緑色の人形のベッドに寝《ね》てるわよ――。懐中電灯《かいちゅうでんとう》でさぐってみると、暗闇《くらやみ》に人形のベッドがうかびあがりました。小さなサルがねむっています。

雷《かみなり》カールソンは、プッとふきだしました。

「ブロム、ニルソンってのは、ただのサルだぜ。ハハ！」

「そうよ、なんだと思ったの？」ふとんの下からまた、ピッピのおちついた声がしました。「芝刈《しばか》り機《き》だとでも思ったの？」

「パパやママは、おうちにいないのかい？」ブロムがピッピにたずねました。

「いないわ。いないの！　まったくいないのよ！」

すると、雷《かみなり》カールソンとブロムは、うれしくてたまらなくなって、クックッと笑《わら》いました。

「おじょうちゃん」雷《かみなり》カールソンがいいました。「おきておいで。おじさんたちとお話ししよう」

「いやよ。あたしは寝《ね》てるの。それともまた、なぞなぞがしたいの？　だったら、まずこれにこたえて。進んでも進んでもドアにたどりつかないチックタックいう機械《きかい》は、なんでしょう？」

けれどもそのとき、ブロムがピッピのふとんをがばっとはがしました。

「ポルカはおどれる?」ピッピはいきなり質問《しつもん》すると、まじめな顔でブロムの目を見つめました。「あたしはおどれるわ」

「おまえ、質問《しつもん》が多すぎるぞ」雷《かみなり》カールソンがいいました。「おれたちも、おまえにちょっと質問《しつもん》するからな。たとえば、さっき、ゆかにあった山のような金貨《きんか》、あれ、どこにしまった?」

「戸棚《とだな》の上のカバンの中よ」ピッピは正直《しょうじき》にこたえました。

ふたりのどろぼうは、顔をにやつかせました。

「おれたちがとっても、悪く思わんでくれよ。おじょうちゃん」雷《かみなり》カールソンがいうと、ピッピは「うん、もちろん、悪くなんか思わないわ」とこたえました。

ブロムは戸棚《とだな》へ歩いていって、カバンをおろしました。

「あたしがとりもどしても、悪く思わないでね。おじちゃん」ピッピはベッドからすべりおり、ブロムに近づきました。

それからなにがどうなったのか、ブロムにはさっぱりわからないうちに、いつのまにかカバンはピッピの手ににぎられていました。

「ふざけるな、こっちへよこせ！」雷《かみなり》カールソンは大声をあげると、ピッピのうでをつかみ、だいじな獲物《えもの》をひったくろうとしました。

「こっちでおふざけ、あっちでお遊び」ピッピはうたうようにいいながら、雷《かみなり》カールソンを戸棚《とだな》の上にのせてしまいました。たちまちブロムも、おなじ目にあいました。

ふたりは、おそろしくなりました。ようやく、ピッピがふつうの女の子ではないとわかってきたのです。でも金貨《きんか》のつまったカバンのことを思うと、こわさもかき消えました。

「ブロム、いっしょにかかろうぜ」雷《かみなり》カールソンが声をかけると、ふたりはいっせいに戸棚《とだな》からとびおり、カバンをもっているピッピにおそいかかりました。

ところが、ピッピが人さし指でつつきかえしたとたん、ふたりはそれぞれ、部屋《へや》の反対《はんたい》のすみにはじきとばされ、しりもちをつきました。ふたりが立ちあがるまえに、ピッピはロープをとってきて、あっというまに、どろぼうたちの手足をしばりあげてしまいました。

どろぼうたちは声の調子を変《か》えて、いいました。

「あのぅ、おじょうさん。おゆるしくだせえ。おれたちは、ちょいとふざけただけなんで。お手やわらかにたのみますよ。おれたちは、あわれな旅人で、ほんの少し食べるものをもらいたかっただけなんで……」雷《かみなり》カールソンがいいました。

ブロムのほうは、涙《なみだ》までこぼしました。

ピッピはカバンを戸棚《とだな》の上にきちんともどすと、ふたりの捕虜《ほりょ》をふりかえっていいました。

「だれか、ポルカはおどれる?」

「はあ、その……」雷《かみなり》カールソンはこたえました。「ふたりとも、できるかと……」

「まあ、うれしい」ピッピは手をたたきました。「じゃあ、ちょっとおどらない? あたしはさっき、おぼえたばかりなの」

「はあ……」雷《かみなり》カールソンは、あっけにとられていいました。

ピッピは大きなはさみをとってくると、ふたりのお客をしばったロープを切りました。

「だけど音楽がないわね」ピッピはこまったようにいいましたが、すぐにひらめきました。「あんた、くしを吹《ふ》いて鳴らせない?」そうブロムにたずねると、「そしたら、あたし、こっちの人とおどる」といって、雷《かみなり》カールソンを指さしました。

もちろん、ブロムはくしの鳴らし方《かた》ぐらい知っていました。そこで、家じゅうにひびく大きな音で、くしを吹《ふ》きはじめました。その音にびっくりして目をさましたニルソンさんが、寝《ね》ぼけながらベッドの上におきあがったときには、ピッピはもう雷《かみなり》カールソンといっしょに、くるくるとポルカをおどっていました。

ピッピは、とても真剣《しんけん》でした。まるで命《いのち》にかかわる一大《いちだい》事《じ》というくらい、くそまじめな顔をしていました。

やがて、ブロムが「もうこれ以上《いじょう》、くしは吹《ふ》けない」といいだしました。口がしびれて、おかしくなりそうだというのです。

雷《かみなり》カールソンのほうも一日じゅう、歩きどおしだったので、足がだるくなりはじめていました。

「おねがい、もう少しだけ」ピッピは、ふたりにたのみました。ピッピにたのまれては、ブロムと雷《かみなり》カールソンはやめるわけにはいきません。

けれども時計が夜中の三時をうつと、ついにピッピはいいました。

「ああ、あたし、木曜日までだっておどれるわ。でも、あんたたちはくたびれてて、おなかがすいているんでしょ？」

たしかにそのとおりだったのですが、ふたりとも、そのことをいいだせずにいたのです。

ピッピは食料棚《しょくりょうだな》から、パンとチーズ、バターとハム、冷《つめ》たいステーキと牛乳《ぎゅうにゅう》をだしてきて、テーブルにならべました。ブロムと雷《かみなり》カールソンとピッピは、テーブルをかこんですわり、おなかがぱんぱんになるまで食べつづけました。

ピッピは片方《かたほう》の耳に牛乳《ぎゅうにゅう》を少しそそぐと、いいました。

「こうすると、耳がいたいときにきくの」

「かわいそうに、耳がいたいのかい？」ブロムがたずねました。

「ううん、そうなるかもってこと」ピッピはこたえました。

やがて、ふたりのどろぼうは立ちあがると、ごちそうさまとなんどもいい、「もう、おいとましてもいいですかね？」とたずねました。

「あんたたちがきてくれて、とっても楽しかったわ。もう行ってしまうの？」ピッピは残念《ざんねん》そうにいいました。

そして、雷《かみなり》カールソンには「すてきなポルカおじさん。あんたみたいにポルカをじょうずにおどれる人は、ほかにいないわよ」、ブロムには「くしを吹《ふ》く練習をみっちりやりなさいね。そうすれば、口がしびれたりしなくなるから」といいました。

いよいよ、ふたりがドアからでていこうとすると、ピッピはだっと走っていって、金貨《きんか》を一枚《まい》ずつ、それぞれの手にわたしました。

「これ、あんたたちが、ちゃんとかせいだお金よ」

9　ピッピがコーヒー・パーティーによばれました

トミーとアニカのお母さんは、ほかのおくさんたちを何人《なんにん》かまねいて、コーヒー・パーティーをひらくことにしました。ケーキやクッキーがたくさん焼《や》けたので、お母さんはトミーとアニカにもピッピを招待《しょうたい》させることにしました。そうすれば、かえって子どもたちにじゃまされずに、パーティーができると思ったのです。

トミーとアニカは、お母さんの話をきくと心からよろこんで、すぐにピッピの家へ走っていきました。

ピッピは庭にでて、さびついた古いじょうろで、まだ咲《さ》き残《のこ》っているかわいそうな花たちに水をやっていました。ちょうど雨がふりはじめたところでしたから、「水なんてやらなくても、だいじょうぶだよ」と、トミーはいいました。

「あんたはそういうけど」ピッピはいいかえしました。

「あたしは、ひと晩《ばん》じゅう、朝になったら花に水をやろうと考えてたの。ちょっとくらい雨がふったからって、やめるわけにはいかないわ」

そのとき、アニカがうれしい話をもちだしました。

「コーヒー・パーティーに、あたしが！」ピッピはそうさけんだとたん、急におろおろして、バラのしげみにではなく、トミーに水をかけはじめました。「ああ、だいじょうぶかしら？ 緊張《きんちょう》しちゃう。ねえ、あたし、ちゃんとおぎょうぎよくできると思う？」

「だいじょうぶよ」アニカはいいました。

「ううん、そんなに確信《かくしん》しないほうがいいわ。でも、やってみる。だけど、あたしがいくらおぎょうぎよくしているつもりでも、ほかの人はそうは思わないみたいなの。いままでも、なんどもそうだったもの。海の上では、おぎょうぎなんて、だれも気にしないし。でも、あたし、がんばるわ。きょう一日、ちゃんとしてみせる。あんたたちに恥《はじ》をかかせないように」

「じゃあ、あとでね」トミーはそういうと、雨の中をアニカといっしょに家へかけもどっていきました。

「午後三時にきてね。約束《やくそく》よ！」アニカは傘《かさ》から顔をひょこっとつきだして、大きな声でさけびました。

午後三時になりました。とても美しいおじょうさんが、セッテルグレーン家《け》の玄関《げんかん》まえの階段《かいだん》をあがっていきます。

ピッピ・ナガクツシタです。

きょうはとくべつな日なので、赤い髪《かみ》をおさげに編《あ》まずにきました。顔のまわりにぼさぼさにひろがった髪《かみ》が、ライオンのたてがみみたいです。唇《くちびる》はクレヨンでまっ赤《か》に、眉毛《まゆげ》もまっ黒にぬりたくってきました。ちょっとおそろしい顔に見えなくもありません。手の爪《つめ》にも赤いクレヨンをぬっていて、くつには緑のリボンをむすんでいました。

「きょうのパーティーで、いちばんきれいなのは、あたしよ」ピッピは満足《まんぞく》そうにつぶやくと、玄関《げんかん》のベルをおしました。

セッテルグレーン家《け》の居間《いま》には、上品《じょうひん》なご婦人《ふじん》が三人と、トミーとアニカとお母さんがすわっていました。クロスがかけられたテーブルには、コーヒーカップやお菓子《かし》がきれいにならべられ、暖炉《だんろ》では、まきがしずかに燃《も》えていました。ご婦人方《ふじんがた》は、おだやかに話をしていました。トミーとアニカはソファにすわって、アルバムを見ていました。こんなふうに、すべての平和がたもたれていたのです。

ところが突然《とつぜん》、この平和がうちやぶられました。

「位置《いち》につけえーーー！」

耳をつんざくような大声が、玄関《げんかん》ホールからひびいてきました。と思うや、居間《いま》の入口にはピッピが立っていました。あまりに突然《とつぜん》の大声に、ご婦人方《ふじんがた》のからだが、いすからぴょんとはねあがったほどでした。

「まえへ進め！」ピッピはまた号令《ごうれい》をかけると、歩幅《ほはば》をそろえて、どすどすとセッテルグレーン夫人《ふじん》のまえへ行きました。

「全体とまれ！」号令《ごうれい》とともに、ピッピもとまりました。

「両手《りょうて》をまえへ、一、二！」ピッピは両手《りょうて》をまえへあげ、セッテルグレーン夫人《ふじん》の片手《かたて》をぎゅっとにぎりしめ、心をこめてふりました。

「ひざをまげ！」ピッピはひざをまげて、上品《じょうひん》っぽくあいさつしました。そしてセッテルグレーン夫人《ふじん》ににっこりとほほえみ、ふつうの大きさの声でいいました。

「あたし、とてもびびっていたの。だから号令《ごうれい》をかけないと、玄関《げんかん》からここまで歩いてこられなかったのよ」

つづいてピッピはほかのご婦人《ふじん》に走りより、ひとりずつ、ほっぺたにキスをしていいました。

「おおっ、あなたは、なんてお美しいのでしょう！」

まえにどこかで、りっぱな紳士《しんし》が女の人にそういっているのを、きいたことがあったのです。

それからピッピはふと目にとまった、居間《いま》でいちばん上等《じょうとう》ないすに腰《こし》をおろしました。セッテルグレーン夫人《ふじん》は子どもたちをすぐに二階《かい》の子ども部屋《べや》へ行かせるつもりでいたのですが、ピッピはどっかりと腰《こし》をおちつけてしまったのです。おまけに、ひざをピシャンとたたくとテーブルに目をやって、「本当においしそうね。いつになったら、はじめるの？」とききました。

そのとき、メイドのエッラがコーヒーをもってきました。

「さあ、みなさん。どうぞ」セッテルグレーン夫人《ふじん》がいいました。

「よっしゃ、いちばんのり！」ピッピはさけぶと、ぴょんぴょんとたったの二歩で、いすからテーブルにたどりつきました。そして、クッキーをかきあつめて山もりお皿にのせ、コーヒーカップに角砂糖《かくざとう》を五個《こ》ほうりこみ、クリームピッチャーの半分ものクリームをカップにつぐと、あっというまに、いすにもどりました。

そのすばやいことといったら、ほかのご婦人方《ふじんがた》がテーブルに行きつくひまもありませんでした。

ピッピは両足《りょうあし》をのばして、その先にクッキーのお皿をのせました。それからカップのコーヒーにクッキーをじゃぼんとつけては口におしこみ、またつけては、おしこみました。ほおばりすぎて、口もきけないくらいです。そして、またたくまにたいらげると、いすからすっくと立ちあがり、タンバリンのようにお皿をたたきながら、クッキーがまだ残《のこ》っているか見ようと、ふたたびテーブルのそばへ行きました。

ご婦人方《ふじんがた》はピッピをにらみつけていますが、当《とう》の本人は気がつきません。「あたしを招待《しょうたい》してくれるなんて、本当に親切だこと。コーヒー・パーティーによばれたのは、これがはじめてよ」と、ひとりでぺちゃくちゃしゃべりながら、テーブルのまわりをまわって、クッキーをあれこれつまんでいます。

テーブルには、生クリームがたっぷりぬられた、まるい大きなケーキもありました。まん中に、赤い砂糖菓子《さとうがし》がかざられています。ピッピは両手《りょうて》を背中《せなか》にまわして、それを見つめました。そして突然《とつぜん》、前《まえ》かがみになると、砂糖菓子《さとうがし》にかぶりつきました。でもちょっといそぎすぎたので、姿勢《しせい》をもどしたときには、顔全体に生クリームがべっとりくっついていました。

「アハハ、これで目かくしおにをして遊べるわ。だって、ここに目かくしおにがいるんだもん。あたし、なんにも見えない」ピッピは舌《した》をぺろりとつきだすと、顔についたクリームをきれいになめました。「あのね、これは事故《じこ》よ。どうせケーキは台なしになったんだから、あたしがぜんぶ食べちゃおう」

ピッピはいったとおりにしました。ケーキを両手《りょうて》でつかむと、がつがつぱくぱく食べはじめたのです。みるみるうちにおいしそうなケーキは消えていき、ピッピは満足《まんぞく》そうにおなかをたたきました。

このとき、セッテルグレーン夫人《ふじん》は台所へ行っていたので、この事件《じけん》には気がつきませんでした。けれども、ほかのご婦人方《ふじんがた》はピッピのことを、キッとにらみつけました。ご婦《ふ》人方《じんがた》も、少しはケーキを食べたかったのでしょう。

ピッピはご婦人方《ふじんがた》の不満《ふまん》そうな顔を見ると、明るい気分にしてあげようと思い、いいました。

「こんなことぐらいで、くよくよしちゃだめよ。だいじなのは、みんなの健康《けんこう》。それと、パーティーでは楽しくすることよ」そしてシュガーポットに手をのばすと、中身《なかみ》の角砂糖《かくざとう》をぜんぶ、ゆかにばらまきました。

「あら、たいへん、どうしよう？」ピッピは、かん高《だか》い声をあげました。「なんで、こんなへましちゃったの？　グラニュー糖《とう》だと思ったのよ。事故《じこ》って、とめられないのね。でも、だいじょうぶ。まちがって角砂糖《かくざとう》をばらまいたのなら、反対《はんたい》にグラニュー糖《とう》をかめばいいのよ」

ピッピはいうが早いか、テーブルにあったもうひとつのシュガーポットに手をのばし、舌《した》の上にグラニュー糖《とう》を少しのせると、力いっぱいかんでみました。

「うーん、やっぱりだめなものはだめね」ピッピはひとり納得《なっとく》すると、シュガーポットのグラニュー糖《とう》をごっそり、ゆか一面にばらまきました。「ほらね、これがグラニュー糖《とう》というものよ。ばらまけないなら、グラニュー糖《とう》なんか、なんの役にたつのよね？」

それからご婦人方《ふじんがた》にむかって、「この上を歩くのって、気もちいいのよ。はだしで歩けば、なおいいの」といって、くつもくつ下もぬいでしまいました。「おばさんたちもやってみればいいのに。これより楽しいことって、そうないんだから」

そのとき、セッテルグレーン夫人《ふじん》がもどってきました。夫人《ふじん》はゆかにばらまかれた砂糖《さとう》を見ると、ピッピのうでをぎゅっとつかみ、トミーとアニカがすわっているソファのところへつれていきました。そして自分はお客のところへもどって、コーヒーのおかわりをすすめました。テーブルのケーキがなくなっているのを見ると、みなさんがよろこんで食べてくださったのね、とすっかり気をよくしました。

ピッピとトミーとアニカは、小声でおしゃべりをはじめました。暖炉《だんろ》では、まきがパチパチ燃《も》えています。ご婦人方《ふじんがた》はコーヒーをのんでいます。すべてはまた、おだやかで平和になりました。

そしてコーヒー・パーティーではよくあることですが、ご婦人方《ふじんがた》は自分の家のメイドのうわさ話をはじめました。だれもが、これまでに満足《まんぞく》するメイドを雇《やと》えたためしはないようでした。みんな、メイドには不満《ふまん》をもっていて、「結局《けっきょく》、メイドなんか、雇《やと》わないのがいちばんですわ」という ことで意見《いけん》が一致《いっち》しました。「なんでも自分でするほうがましですわ」「そうすれば、きちんと仕事がかたづいたかどうか、自分でわかりますもの」というのです。

ソファできいていたピッピは、ご婦人方《ふじんがた》の話がとぎれたところで、口をひらきました。

「あたしのおばあちゃんはね、まえに、マーリンという名前のメイドを雇《やと》っていたの。足にしもやけができていたけど、ほかに悪いところはどこもなくてね。ただひとつ、こまったところは、お客さんがくると、とんでいって足にかみつくことだったの。そして、ほえるの。ものすごい声で。近所じゅうにひびく大声でね。それはマーリンがふざけてやってたことなんだけど、お客さんにはわからなかったの。

あるとき、まだマーリンがきたばかりのころ、年とった牧師夫人《ぼくしふじん》がおばあちゃんをたずねてきたの。マーリンったら、とんでいって、牧師夫人《ぼくしふじん》の細い足に歯を立てちゃった。牧《ぼく》師夫人《しふじん》がギャーって悲鳴《ひめい》をあげたものだから、マーリンはこわくなって、上の歯と下の歯がくっつくぐらい、もっと強くかんだの。そしたら、はずれなくなっちゃってね。金曜日まで、ずっとそうしてたわ。それで、ジャガイモの皮むきはおばあちゃんが自分ですることになったんだけど、あんまりていねいにむきすぎて、むきおわったときにはジャガイモはひとつも残《のこ》ってなかったの。皮だけよ。でね、牧師夫人《ぼくしふじん》のほうは、それっきり、おばあちゃんをたずねてこなくなったの。冗談《じょうだん》がわからない人だったのね。マーリンは冗談《じょうだん》が好《す》きで、明るい性格《せいかく》だったのに。でも、たまにふきげんなときもあったのよ。そう、一度なんか、おばあちゃんがフォークで耳をさしたら、一日じゅう、ふてくされてた」

ピッピはみんなを見まわすと、にっこり笑《わら》い、「これがマーリンのお話よ」といって得《とく》意《い》げに、両手《りょうて》の親指どうしをくるくるまわしました。

ご婦人方《ふじんがた》はなにもきかなかったふりをして、自分たちの話をつづけました。

「うちのローサがせめて、もう少し清潔《せいけつ》にしてくれましたら」ベルイグレーン夫人《ふじん》がいいました。「それでしたら、うちにおいておこうというものですわ。ですがローサときたら、だらしなくて……」

「だったら、マーリンを見せたかったわ」ピッピが口をはさみました。「マーリンは、とってもきたなくて、おばあちゃんは『見てると、うれしくなる』っていってた。グランドホテルのコンテストでは、『爪《つめ》のよごれ方《かた》』で一等賞《とうしょう》をとったくらいよ。そう、マーリンときたら、本当に、どうしようもなく、きたなかったのよ」ピッピは、うれしそうにいいました。

セッテルグレーン夫人《ふじん》は、ピッピにするどい視線《しせん》をむけました。

「うちなんか、こうですのよ」こんどは、グランベルイ夫人《ふじん》が話しだしました。「このまえの晩《ばん》、うちのブリッタが外出しましてね。そのときに、ことわりなく、あたくしのブルーの絹《きぬ》のドレスを着《き》ていきましたのよ。こんなこと、ゆるせます？」

「なるほどね」またピッピが口をだしました。「そのブリッタとやらは、マーリンと似《に》たりよったりみたいね。おばあちゃんは、ピンクの下着《したぎ》のシャツをとっても気にいってたのよ。マーリンも、それがお気にいりでね。毎朝、だれがそれを着《き》るかで口《くち》げんかになるの。それで一日おきに交替《こうたい》で着《き》ようということになって、それが公平《こうへい》ってもんなんだけど、マーリンたら、けっこうずるいの。ときどき自分の番じゃない日に走ってきて、こういうのよ。『このピンクの毛糸《ウール》のシャツを貸《か》していただけないなら、カブのマッシュなんか、ぜったいにつくりません』ってね。こまったのは、おばあちゃんよ。カブのマッシュは、おばあちゃんの大好物《だいこうぶつ》なの。となれば、おばあちゃんはマーリンにシャツをゆずるしかないじゃない？　マーリンはシャツを着《き》こんで台所へ行って、料理《りょうり》をはじめるの。いきおいこんでつくるものだから、つぶれたカブが台所の壁《かべ》にベシャベシャとびちるのよ」

一瞬《いっしゅん》、しずかになりましたが、すぐにアレクサンデルソン夫人《ふじん》が話しはじめました。

「たしかではないのですけれど、うちのフルダはものを盗《ぬす》むのではないかと、あたくし、うたぐっておりますの。うちでは、ものがよくなくなるんですのよ」

「マーリンはね」またもやピッピが口をはさもうとすると、セッテルグレーン夫人《ふじん》がぴしゃりとさえぎりました。

「子どもたちはすぐに、二階《かい》の子ども部屋《べや》へ行きなさい！」

「でもね、いま話そうとしたのよ。マーリンも盗《ぬす》みをしたって」ピッピはひるまず、つづけました。「ワタリガラスみたいなのよ。なんでも盗《ぬす》むの。夜中におきだして、ちょいと盗《ぬす》んでくるの。そうしないと、ゆっくりねむれないっていってね。一度なんかね、おばあちゃんのピアノを盗《ぬす》んで、自分のタンスのいちばん上のひきだしにおしこんだの。マーリンは指先が器用《きよう》だって、おばあちゃん、ほめてた」

ここで、トミーとアニカがピッピを両《りょう》わきからはさみました。ピッピは、ずるずると階《かい》段《だん》をひっぱりあげられていきます。

ご婦人方《ふじんがた》が三杯《ばい》めのコーヒーをのみはじめると、セッテルグレーン夫人《ふじん》はいいました。

「エッラのことを悪くはいいたくないんですけどね、よく食器《しょっき》をわるんです」

とたんに、赤毛頭《あかげあたま》が階段《かいだん》の上からのぞきました。

「マーリンのことなんだけど、食器《しょっき》をわったかどうか、知りたいでしょ？　たしかに、そうなのよ。マーリンは一週間のうちで、食器《しょっき》をわる日をきめてたの。火曜日だって、おばあちゃんはいってた。火曜日になると、朝の五時から台所で、あっぱれマーリンが食器《しょっき》をガシャンガシャンわる音がきこえるの。コーヒーカップからはじめて、コップ、ほかの軽いもの、それから深いお皿、ひらたいお皿、最後《さいご》にステーキ用の大皿とか、ふたつきのスープボウルとかをこわすのよ。午前中いっぱい、台所はものすごい音がして、すっきりするって、おばあちゃんがいってたもの。おまけに午後にもひまがあると、マーリンは小さな金づちをもって居間《いま》へはいってきて、壁《かべ》にかけてある東インドのアンティーク皿をたたきこわすの。おばあちゃんは水曜日になると、いつも新しい食器《しょっき》を買いに行ってたのよ」ピッピはそういうと、びっくり箱からとびだす人形のように、階段《かいだん》の上へぱっと消えていきました。

ついにセッテルグレーン夫人《ふじん》は、がまんがきかなくなりました。階段《かいだん》をかけあがって子ども部屋《べや》にかけこむと、トミーに逆立《さかだ》ちをおしえはじめたピッピのまえにつき進みました。「二度とうちへこないでちょうだい」セッテルグレーン夫人《ふじん》はいいました。「おぎょうぎが悪すぎます」

ピッピはびっくりして、夫人《ふじん》を見つめました。目には、じわじわと涙《なみだ》がたまっていきます。

「やっぱり、こうなるのよ。おぎょうぎよくなんて、できっこないのよ！　やってみるけど、できないの。あたし、船からおりなきゃよかった……」

それから、ピッピはセッテルグレーン夫人《ふじん》にひざをまげてあいさつすると、トミーとアニカにもさよならをいい、ゆっくりと階段《かいだん》をおりていきました。

ちょうどそのとき、ご婦人方《ふじんがた》も玄関《げんかん》で帰りじたくをはじめていました。ピッピはシューズボックスの上に腰《こし》かけると、ご婦人方《ふじんがた》が帽子《ぼうし》をかぶったり、コートを着《き》たりするのをながめながら、いいました。

「おばさんたち、自分のところのメイドが気にいらないなんて、かわいそうね。マーリンを見てみればいいんだわ。この子よりいい子はいないって、おばあちゃん、いつもいってた。あれは、ある年のクリスマスのことだったな。クリスマス・イヴのごちそうに、豚《ぶた》の丸焼《まるや》きをだすことになってね。マーリンがどうしたか知ってる？　マーリンは料理《りょうり》の本を読んで、クリスマスの豚《ぶた》は、耳にひだをよせた紙をさし、口にリンゴをくわえてだすものだっておぼえたの。かわいそうなマーリンは、リンゴをくわえるのが豚《ぶた》だって、わからなかったらしくてね。イヴの夜、マーリンったら、アイロンのきいたエプロンをつけて、口には大きなリンゴをくわえてでてきたのよ。おばあちゃんはマーリンにいったの。『ばかだね、マーリン！』って。だけど、マーリンはひとこともいいかえせなくて、紙をさした耳をガサガサうごかすだけなの。なにかいおうとしてるんだけど、バブバブとしかきこえなくて。おまけにね、いつものようにお客にかみつきたくても、かみつけないの。せっかくお客がたくさんきてるっていうのによ。あれは本当に、マーリンにとっちゃ、つまらないクリスマス・イヴだったと思う。かわいそうすぎる」ピッピはそこまで話すと、しんみりと声をおとしました。

したくをととのえたご婦人方《ふじんがた》は、セッテルグレーン夫人《ふじん》にもう一度あいさつしました。ピッピもセッテルグレーン夫人《ふじん》にかけよって、「おぎょうぎが悪くて、ごめんなさい。さようなら」とささやきました。

それから、ピッピは大きな帽子《ぼうし》をぱっとかぶり、ご婦人方《ふじんがた》のあとを追いかけていきました。

門の外で、ピッピとご婦人方《ふじんがた》とは道がわかれました。ピッピはごたごた荘《そう》のほうへ、ご婦人方《ふじんがた》は反対《はんたい》の方角へ歩いていきます。

ところがしばらくすると、ご婦人方《ふじんがた》は背中《せなか》のほうでハアハアと息をきらした声がするのに気がつきました。ピッピが走ってついてきたのです。

「これだけは本当よ。マーリンがいなくなったとき、おばあちゃんは本当に悲《かな》しがったの。ある火曜日の朝、マーリンはティーカップを一ダースもわらないうちに、だまって家をでて、船にのってしまったの。それで、その日は、おばあちゃん、自分で食器《しょっき》をわったのよ。だけど、なれていなかったから、手にまめができちゃった。マーリンとは、それっきり会えなくてね。本当にすばらしいメイドだったのにって、おばあちゃん、とっても残《ざん》念《ねん》がってたわ」

そこでピッピは、もときたほうへ歩きだし、ご婦人方《ふじんがた》も足をはやめました。けれども二百メートルも行かないうちに、むこうのほうからまたピッピの声がきこえてきました。ピッピは、ありったけの大声でさけんでいました。

「マーリンはね、一度も、ベッドの、下なんか、そうじしたこと、なかったの！」

10　ピッピが人の命《いのち》を助けました

ある日曜日の午後、ピッピはなにをしようかと考えていました。トミーとアニカは、お父さんお母さんといっしょにお茶によばれてでかけていったので、遊びにはきません。その日は朝から、ピッピは楽しいことをたくさんしました。

まず早くおきて、ニルソンさんにジュースとシナモンロールをベッドまでもっていってあげました。水色のパジャマを着《き》て、両手《りょうて》でコップをはさんでベッドにすわっているニルソンさんのかっこうは、とてもかわいらしいものでした。

つづいてピッピは馬にえさをやり、ブラシをかけ、海を旅していたときの話をながながときかせてやりました。

そのあとは居間《いま》へ行って、壁紙《かべがみ》に大きな絵をかきました。赤いドレスを着《き》て、黒い帽子《ぼうし》をかぶっている、太った女の人の絵です。片手《かたて》に黄色い花をもち、もう片方《かたほう》に死んだネズミをもっています。とても美しい絵です。ピッピはこの絵のおかげで、部屋《へや》の感じがとてもよくなったと思いました。

それから、つくえのまえにすわって、ひきだしをあけ、鳥のたまごや貝がらをながめました。こうした宝物《たからもの》をパパといっしょにあつめた土地のことが、あれこれ思いだされます。宝物《たからもの》を買った、世界じゅうのすてきなお店のことも……。思い出の品《しな》はみんな、このひきだしにしまってあるのです。

つぎにピッピはニルソンさんにポルカをおしえようとしましたが、ニルソンさんはいやがりました。そこでピッピはちょっと考えて、馬にポルカをおしえようかと思いましたが、やっぱりやめて、たきぎ箱にもぐりこんで、ふたをきっちりしめました。たきぎ箱の中では缶詰《かんづめ》にされたイワシのつもりになってみましたが、トミーとアニカがいないので、ちっとも楽しくありませんでした。ふたりがいれば、いっしょにイワシになることができたのに。

そうこうしているうちに、暗《くら》くなってきました。ピッピは小さなジャガイモのような鼻をガラス窓《まど》におしつけて、秋の夕暮《ゆうぐ》れをながめました。ふと、この数日は馬ででかけてい

くろ
あか

なかったことを思いだし、すぐにそうすることにしました。気もちのいい日曜日をしめくくるには、ふさわしい方法《ほうほう》でしょう。

ピッピはさっそく大きな帽子《ぼうし》をかぶり、部屋《へや》のすみでビー玉で遊んでいたニルソンさんを肩《かた》にのせ、馬にサドルをつけるとベランダからおろしました。

こうして、三人はでかけていきました。馬と、馬にのったピッピと、ピッピにのったニルソンさんの三人で――。外はとても寒く、道が凍《こお》っていました。馬が走ると、ひづめの音がシャッ、シャッ、シャッと鳴りひびきます。

ピッピの肩《かた》にのっているニルソンさんは、通りすぎていく木の枝《えだ》をつかもうとしますが、ピッピが馬を早く走らせるので、うまくいきません。それどころか、耳が枝《えだ》の先にこすれて、いくつも切《き》り傷《きず》をつくってしまいました。麦《むぎ》わら帽子《ぼうし》が風にとばされないようにおさえているのも、ひと苦労《くろう》でした。

ピッピが馬をとばして小さな町の通りをかけぬけていくと、歩いていた人たちはあわてて建物《たてもの》の壁《かべ》にはりつきました。

さて、この小さな町にも、市《いち》がたつ大きな広場がありました。広場のまわりには、黄色くぬられた町役場と平屋《ひらや》の家がならんでいます。背《せ》の高い建物《たてもの》もひとつ、ありました。それは新しくたった四階《かい》だての建物《たてもの》で、町でいちばん背《せ》が高かったので、〈摩天楼《まてんろう》〉とよばれていました。

小さな町の日曜日の午後は、とてもしずかで平和でした。ところが突然《とつぜん》、しずけさをうちやぶるさけび声がひびきわたりました。

「火事だ！　〈摩天楼《まてんろう》〉が燃《も》えてる！」

町のあちこちから、人々がおどろきあわてて、とびだしてきました。消防車《しょうぼうしゃ》がサイレンを鳴らして、通りを走っていきます。町の小さな子どもたちは、いつもなら消防車《しょうぼうしゃ》を見ると大よろこびするのですが、きょうばかりは自分の家も燃《も》えてしまうのではないかとこわくなって、泣《な》きだしました。広場はごったがえし、消防車《しょうぼうしゃ》がはいれるように、おまわりさんが人をおしわけます。

〈摩天楼《まてんろう》〉の窓《まど》からは、炎《ほのお》がぼうぼうふきだしています。火を消そうといさましく立ちむかう消防士《しょうぼうし》たちにも、けむりと火《ひ》の粉《こ》がうずをまいて、容赦《ようしゃ》なくおそいかかりました。

火は下の階《かい》から燃《も》えだして、上の階《かい》へとあっというまにひろがっていきました。

そのとき、広場にあつまっていた人たちは、突然《とつぜん》おそろしい光景《こうけい》をまのあたりにして、息をのみました。〈摩天楼《まてんろう》〉のいちばん上には小さな屋根裏部屋《やねうらべや》の窓《まど》があるのですが、その窓《まど》を小さな子どもの手がぱっとあけはなしたかと思うと、ふたりのおさない男の子が助けをもとめて、さけびだしたのです。

「ここからだしてよ！　だれかが階段《かいだん》を燃《も》やしちゃったよ！」ふたりのうち、大きいほうの男の子がさけびました。

その子は五歳《さい》で、弟はひとつちがいでした。お母さんは用事ででかけていて、いまは家にふたりきりなのです。

広場では多くの人たちが泣《な》きはじめ、消防隊長《しょうぼうたいちょう》も顔をくもらせました。消防車《しょうぼうしゃ》にはしごはありますが、そんな高いところまではとどきません。家の中にはいって子どもたちを救《すく》いだすのは、もう不可能《ふかのう》です。子どもを助ける方法《ほうほう》がないとわかると、広場の空気は重くしずんでしまいました。

そのあいだも、ふたりの子たちは〈摩天楼《まてんろう》〉の上で泣《な》きつづけました。屋根裏部屋《やねうらべや》に火がまわるまでに、あと数分もないでしょう。

さて広場には、馬にのったピッピもいました。ピッピは消防車《しょうぼうしゃ》をおもしろそうにながめると、あたしも、こんなの買いたいなと思いました。色がまっ赤《か》なのと、通りを走るときにものすごく大きな音がするのが、気にいったのです。それから、火《ひ》の粉《こ》がとんでくるのは楽しいなと思いながら、ぼうぼう燃《も》えさかる炎《ほのお》を見あげました。

すると屋根裏部屋《やねうらべや》に、子どもがふたりいるのに気がつきました。おどろいたことに、その子たちは火事を楽しんでいないようなのです。ピッピには、どう考えてもさっぱりわかりません。そこで、まわりの人たちに「どうして、あの子たちは泣《な》きさけんでいるの？」とききました。

はじめのうちは、すすり泣《な》きしかかえってきませんでしたが、やがて太ったおじさんがピッピにいいました。

「わからないのか？　きみだって、あの上からおりてこられないとなったら、悲鳴《ひめい》をあげるだろ？」

「あたし、悲鳴《ひめい》なんてあげないわ。でも、あの子たちがおりたがっているのなら、どうしてだれも助けてあげないの？」

「方法《ほうほう》がないからにきまってるだろ！」

ピッピは少し考えました。

「だれか長いロープをもってきてくれない？」

「それがなんの役にたつんだ？　子どもはロープをつたっておりられるほど、大きくないんだぞ。だいいち、あそこまで、どうやってロープをもっていくつもりだ？」太ったおじさんがききました。

「あたしは、だてに船にのってたわけじゃないわ。とにかく、ロープをちょうだい」ピッピはおちつきはらって、いいました。

だれも役にたつとは思いませんでしたが、とにかくピッピはロープを手にしました。

〈摩《ま》天楼《てんろう》〉のすぐまえには、高い木が立っています。〈摩《ま》天楼《てんろう》〉の屋根裏部屋《やねうらべや》の窓《まど》と、だいたいおなじ高さの木です。でも木と屋根裏《やねうら》の窓《まど》のあいだは、三メートルははなれていました。しかも木の幹《みき》はつるつるで、下のほうには枝《えだ》がないので、ピッピでさえのぼっていけそうにありません。

そのあいだにも、火のいきおいは、ますますはげしさをましていきました。子どもたちはさけび、広場の人たちは泣《な》くばかりです。

そのとき、ピッピが馬からおりて、木に近づきました。ピッピはロープのはしを、ニルソンさんのしっぽにしっかりとむすびつけると、いいました。

「さあ、ピッピのかしこいおサルちゃんの出番よ」そしてニルソンさんを木の幹《みき》につかまらせると、ぽんとおしりをたたきました。

ニルソンさんは、なにをすべきかちゃんとわかっていて、すぐに幹《みき》をするするとのぼっていきました。小さなサルにしてみれば、木にのぼるなんて、いちばんかんたんなことですからね。

広場の人たちはみんな、息をつめてニルソンさんを見守りました。

ニルソンさんは、あっというまに幹《みき》のてっぺんにたどりつき、枝《えだ》にすわってピッピを見おろしました。ピッピが手をふっておりてくるよう合図《あいず》すると、ニルソンさんはするするとおりてきました。こんどは幹《みき》の反対側《はんたいがわ》をおりてきたので、ロープはみごと枝《えだ》にまたがってかかり、両《りょう》はしがきちんと地面にとどきました。

「さすがよ、ニルソンさん。あんたみたいにかしこい子は、すぐに大学教授《だいがくきょうじゅ》になれるわ」

ピッピはニルソンさんをほめながら、しっぽのロープをほどきました。

近くには、修理中《しゅうりちゅう》の家が一軒《けん》ありました。ピッピは走っていって、細長い板を一枚《まい》とってきました。そして、それをわきにかかえ、もう片方《かたほう》の手でロープをまとめてにぎると、両足《りょうあし》を木の幹《みき》につっぱりました。

ピッピはかるがると、木をのぼりはじめました。広場の人たちは、もう泣《な》いてはいません。あっけにとられて見ています。

ピッピは幹《みき》のてっぺんにたどりつくと、太い枝《えだ》のまたに板をかけて、屋根裏部屋《やねうらべや》の窓《まど》にそろそろとわたしました。板は橋のように、窓《まど》と木をむすびました。

広場は、しんとしずまりかえりました。緊張《きんちょう》のあまり、だれも口がきけないのです。

ピッピは板に足をかけると、窓《まど》の中にいる子どもたちに、にこにこと話しかけました。

「なんてしょぼくれた顔をしてるの？　おなかでもいたいの？」

それから板の上をかけていって、屋根裏部屋《やねうらべや》にとびこみました。

「この部屋《へや》、暑いわね。きょうはもう火をたかなくても、じゅうぶんよ。明日《あした》だって、せいぜい小枝《こえだ》四本でたりるわ」ピッピはそういって、ひとりずつ両《りょう》わきに男の子をかかえ

ると、ふたたび板の上にふみだしました。

「さあ、あんたたちも、ちょっと楽しみなさい。綱《つな》わたりとおなじだから」

ピッピは板のまん中までくると、このまえサーカスでしたのとおなじように、片足《かたあし》を空にむかってぴんとあげました。とたんに下にいる人たちのあいだに、どよめきがひろがりました。ピッピのくつの片方《かたほう》がぬげおちると、年をとった女の人の多くは目をまわしてしまいました。

もちろん、ピッピは子どもたちをかかえて無事《ぶじ》、板をわたりきりました。広場から歓声《かんせい》がわきあがりました。まるで雷《かみなり》のように暗《くら》い夜空に鳴りひびき、炎《ほのお》の音もかき消すほどの大きな声です。

ピッピは地面からロープをたぐりよせると、片方《かたほう》のはしをしっかりと枝《えだ》にしばりつけました。それから反対側《はんたいがわ》のはしを男の子のひとりにむすび、そろそろとおろしていきました。木の下では、かけつけてきたお母さんが興奮《こうふん》して、いまかいまかと待ちうけています。お母さんはおりてきた男の子をうけとめると、泣《な》きながらきつくだきしめました。

ピッピはさけびました。

「ロープをほどいて！　もうひとりいるのよ。この子だって、空をとべるわけじゃないのよ！」

広場の人たちは、男の子からロープをほどくのを手伝《てつだ》いました。

ピッピのロープのむすび方《かた》は実《じつ》にかたく、しっかりとしたものでした。船にのっていたときに、おぼえたのです。

ロープがほどかれると、ピッピはまたそれをひきあげて、もうひとりの男の子をおろしました。

木に残《のこ》っているのは、ピッピひとりになりました。ピッピがふたたび板の上に走りでると、みんなは、あの子はなにをするつもりだろうといぶかって、目をこらしました。

ピッピは、おどりだしました。

せまい板の上を行ったりきたり、うでをかっこよくあげたりおろしたりしながら、かすれるほど大きな声で歌をうたっています。下にいる人たちにも、その歌がよくきこえました。

炎《ほのお》が燃《も》える　明るく燃《も》える
たくさんのリースのように
きみのために燃《も》える
あたしのために燃《も》える
おどるみんなのために燃《も》える！

うたうにつれて、ピッピのダンスはだんだんはげしく、あらあらしくなってきました。見物人《けんぶつにん》のなかには、目をつぶる人もでてきました。いまにもピッピが板からおちて、死んでしまうのではないかとこわくてたまらなくなったのです。屋根裏部屋《やねうらべや》の窓《まど》からは大きな炎《ほのお》がふきだし、その光に、ピッピの姿《すがた》がこうこうと照《て》らしだされます。ピッピは夜空にむかって両手《りょうて》を高くあげると、火《ひ》の粉《こ》がふりそそぐなか、大きな声をはりあげました。

「ああ、楽しい。なんて火事は楽しいの！」
それからぴょんとジャンプして、ロープをつかみました。

「それーっ！」ピッピは稲妻《いなずま》のような速《はや》さで、いっきに地面まですべりおりました。

「みなさん、ピッピ・ナガクツシタをたたえて、バンザイを四回！」消防隊長《しょうぼうたいちょう》がさけびました。

「バンザイ、バンザイ、バンザイ、バンザイ！」広場の人全員が声をそろえました。

でもひとりだけ、五回となえた人がいました。ピッピでした。

11　ピッピが誕生日《たんじょうび》をいわいました

ある日、トミーとアニカは郵便《ゆうびん》受けの中に手紙を見つけました。あて名は、「トミとアンカえ」となっています。
あけてみると、こんなことが書いてありました。

「トミとアンカ　ピピのたんじよびパーチ
あした　ごご　ごしよたいします
ふくそ　じゆう」

トミーとアニカはうれしさをこらえきれず、ぴょんぴょんはねまわりました。字はちょっとまちがっていましたが、ふたりともちゃんと意味《いみ》はわかりました。
きっとピッピはこの手紙を書くのに、とても苦労《くろう》したでしょう。なにしろ、このまえ学校へ行ったとき、「i《イー》」の字を知らなかったくらいですから。

でも本当は、ピッピも少しなら字が書けました。船にのっていたとき、夕方になるとたまに、船員のひとりが甲板《かんぱん》でピッピに字をおしえてくれたのです。残念《ざんねん》ながら、ピッピはあまり根気《こんき》のある生徒《せいと》ではありませんでした。たとえば突《とっ》然《ぜん》、こんなことをいいだしたりしました。

「やめよう、フリードルフ(その船員は、フリードルフという名前でした)。こんなつまらないことはやめて、あたし、マストにのぼる。明日《あした》の天気がどうなるか、見てくる」

そんなわけで、ピッピが字を書くのに時間がかかるのは、しかたがないことでした。ひと晩《ばん》じゅう、この手紙を書くために、ピッピはうんうんうなっていました。それでも夜《よ》が明けはじ

め、ごたごた荘《そう》の屋根《やね》の上の星がだんだんと消えていくころには、トミーとアニカの家の郵便受《ゆうびんう》けに走っていって、無事《ぶじ》、招待状《しょうたいじょう》をいれることができたのです。

トミーとアニカは学校から帰ってくると、すぐにパーティーへ行くしたくをはじめました。

アニカはお母さんに、「髪《かみ》の毛《け》をカールして」とたのみました。お母さんはそのとおりにして、大きなピンクの絹《きぬ》のリボンをむすんでくれました。トミーは髪《かみ》をカールさせたいとは少しも思いませんでしたが、水をつけて、ぴちっととかすことはしました。

アニカは、もっているなかでいちばんいいワンピースを着《き》ようとしました。でも、お母さんに「だめよ」といわれました。アニカがピッピの家から帰ってくるときはいつも、服をよごしてくるからです。それで、アニカは二番めにいい服でがまんすることになりました。トミーは、服装《ふくそう》なんて気にしませんでした。こざっぱりしていればそれでいいと思いました。

ピッピへのプレゼントは、もちろん買ってありました。ふたりはブタの貯金箱《ちょきんばこ》からおこづかいをとりだして、学校からの帰り道、大通りのおもちゃ屋さんへかけこんで、とってもすてきなものを……、いいえ、いまはまだ秘密《ひみつ》にしておきましょうね。とにかく、ピッピへのプレゼントは緑色の紙につつまれて、ひもでぐるぐるしばってありました。

ふたりともしたくがととのうと、トミーがプレゼントをもち、いっしょに家をとびだしていきました。お母さんが「服をよごさないようにね」と、ふたりの背中《せなか》にむかってくりかえしいいました。とちゅうでアニカが「あたしもプレゼントをもちたい」といったので、ピッピにわたすときに、ふたりいっしょに手をそえようと話しあってきめました。


さて、いまは十一月もなかばでしたから、日が暮《く》れるのはとても早いのでした。トミーとアニカはぎゅっと手をつないで、ごたごた荘《そう》の門をはいっていきました。ピッピの庭はとても暗《くら》くて、最後《さいご》の葉をおとそうとしている古い木が、ザワザワとうす気味《きみ》悪い音をたてています。

「秋って感じだね」トミーはいいました。

ですから、ごたごた荘《そう》のどの窓《まど》にも明かりがともっているのを見ると、ふたりはほっとして、明るい気もちになりました。あの中で、いまから誕生日《たんじょうび》パーティーがはじまるのです。

いつもなら、トミーとアニカは台所の入口へまわるのですが、きょうはまっすぐ玄関《げんかん》へ行きました。ベランダに馬の姿《すがた》はありません。トミーは礼儀《れいぎ》正しく、ドアをノックしました。すると、中からくぐもった声がきこえてきました。

「こんな暗《くら》い夜に、うちへきたのはだれだ？
おばけか、それともただの小《こ》ネズミか？」

「ちがうわ、ピッピ。あたしたちよ」アニカがさけびました。「早くドアをあけて！」

すると、ピッピがドアをあけました。

「ああ、ピッピ。どうして、『おばけ』なんていったの？　こわかったわ」アニカはピッピにおいわいのことばをいうのもわすれて、文句《もんく》をいいました。

ピッピはゲラゲラ笑《わら》うと、台所のドアをバンとあけはなしました。

明るくあたたかい部屋《へや》は、なんていいものでしょう。パーティーは、台所でひらかれるのです。ごたごた荘《そう》では、ここがいちばん、いごこちがいい部屋《へや》なのです。一階《かい》には、ほかに部屋《へや》はふたつしかありません。ひとつは居間《いま》で、そこには家具は開閉式《ライティング・ビューロー》のつくえしかなく、もうひとつはピッピの寝室《しんしつ》です。

ひろくて明るい台所に、ピッピはちゃんとパーティーの用意をしていました。ゆかにはマットをしき、テーブルにはお手製《てせい》の新しいクロスがかけてあります。ピッピが刺《し》しゅうした花は変《へん》てこな形をしていましたが、ピッピは「インドシナには、こういう花が咲《さ》いているのよ」といいました。ピッピがそういうからには、そうなのでしょう。

窓《まど》のカーテンはひかれ、オーブンには火がパチパチと燃《も》えていました。たきぎ箱の上では、ニルソンさんがすわって、なべのふたをシンバルのようにうちあわせていました。いちばんおくには、馬がいます。馬ももちろん、パーティーにまねかれたのです。

トミーとアニカは、ようやくピッピにおいわいをいうことを思いだしました。トミーはおじぎをし、アニカはひざをちょこんとまげました。それから、ふたりいっしょに手をそえて、緑色の紙につつまれたプレゼントをさしだしました。

「ピッピ、お誕生日《たんじょうび》おめでとう!」

ピッピはお礼をいうと、すぐさまプレゼントをあけました。オルゴールです！

ピッピは大よろこびして、トミーとアニカをぽんぽんたたきました。オルゴールと包装紙《ほうそうし》も、ぽんぽんたたきました。それから、オルゴールのレバーをまわしてみました。するとピロリンピロリンと音が鳴りだし、『ああ、愛《いと》しのオーガスティン』らしきメロディーが流れてきました。

ピッピはなんどもなんども、レバーをまわしました。もうほかのことなど、わすれてしまったみたいです。でも、ふいに思いだしました。

「そうよ、あんたたちも誕生日《たんじょうび》プレゼントをもらわなくちゃ」

「だけど、きょうはぼくたちの誕生日《たんじょうび》じゃないよ」

トミーがいいました。

アニカもおなじことをいいました。

ピッピはきょとんとして、ふたりを見つめました。

「そうよ、きょうはあたしの誕生日《たんじょうび》よ。だから、あんたたちに誕生日《たんじょうび》プレゼントをあげてもいいはずよ。それとも、そんなことしたらいけないって、教科書に書いてあるの？　かかさんのコツでは、だめということになってるの？」

「ううん、そんなことはないよ」トミーはこたえました。「ふつうはしないものだけど。でも、ぼくはプレゼントがほしい」

「あたしも」アニカもいいました。

とたんにピッピは居間《いま》へとんでいって、つくえにおいておいたプレゼントのつつみをふたつ、とってきました。

トミーがつつみをひらくと、中には象牙《ぞうげ》でできた小さな笛《ふえ》がはいっていました。アニカへのプレゼントは、チョウの形をしたきれいなブローチでした。羽のところに、赤、青、緑の石がはめこまれています。

三人ともプレゼントを手にしたところで、つぎはいよいよ、ごちそうの時間です。テーブルには、たくさんのクッキーやシナモンロールが、ところせましとならんでいました。クッキーは変《か》わった形をしていますが、ピッピは「中国のクッキーは、こういう形なのよ」といいました。

みんなが席《せき》につくまえに、ピッピはそれぞれのカップにココアをそそぎ、ホイップクリームをのせました。

すると、トミーがいいました。

「パパとママがお客さんをディナーにまねいたときは、かならず男の人がカードをもらうんだ。それには、だれがどの女の人をテーブルに案内《あんない》するか書いてあるんだ。ぼくたちも、そうしようよ」

「全速前進《ぜんそくぜんしん》ようそろ」ピッピは、船乗《ふなの》りのことばで賛成《さんせい》しました。

「だけど、ちょっとこまったな。男は、ぼくひとりだから」

「なにいってるの？　ニルソンさんが女だと思ってるの？」

「そっか、ニルソンさんか！」トミーはそういうと、たきぎ箱に腰《こし》をおろしてカードを一枚《まい》書きました。

『セッテルグレーン氏《し》は、ナガクツシタ嬢《じょう》をご案内《あんない》ください』。セッテルグレーン氏《し》って、ぼくのことだよ」トミーは得意《とくい》そうにいうと、ピッピにカードを見せました。それから、もう一枚《まい》カードを書きました。

『ニルソン氏《し》は、セッテルグレーン嬢《じょう》をご案内《あんない》ください』

「待って。馬にもカードがいるわ」ピッピがいいました。「馬はテーブルにはつけないけどね」

トミーはもう一枚《まい》、ピッピが声にだしていうとおりにカードを書きました。『馬は、すみにいてください。クッキーと角砂糖《かくざとう》をあげますから』

ピッピはトミーからカードをうけとると、馬の鼻先《はなさき》にもっていって、いいました。

「これを読んで、意見《いけん》をいってごらん」

馬は、とくに意見《いけん》はなさそうでした。そこでトミーはピッピにうでをさしだし、テーブルへ案内《あんない》しました。ニルソンさんはちっともアニカにうでをだそうとしないので、アニカのほうがニルソンさんをさっとだきあげ、席《せき》へつれていきました。

ところがニルソンさんは、いすにすわるのをいやがり、テーブルの上にとびのりました。クリーム入りのココアも気にいりませんでした。かわりにピッピが水をついでやると、ニルソンさんはカップを両手《りょうて》でもって、ごくごくのみました。

アニカとトミーとピッピは、もぐもぐと食べはじめました。アニカは「こんなクッキーがあるのなら、あたし、大きくなったら中国へひっこしたい」といいました。

ニルソンさんは水をのみほすと、カップを逆《さか》さにして頭にかぶりました。

ピッピはそれを見て、自分もおなじようにしました。でも中身《なかみ》をちゃんとのみほしていなかったので、ココアがたれて、おでこから鼻まですじがつきました。ピッピは鼻からたれてくるココアを舌《した》でうけとめると、いいました。

「もったいないことは、しちゃだめよ」

トミーとアニカはカップをきれいになめてから、逆《さか》さにして頭にのせました。

やがて三人は、おなかがいっぱいになりました。馬にやれるものはみんなやってしまうと突然《とつぜん》、ピッピはテーブルクロスの四隅《よすみ》をがばっとつかんで、もちあげました。カップもお皿も袋《ふくろ》になげこまれたように、ガシャガシャところがります。ピッピはそれをそっくりそのまま、たきぎ箱の中におしこみ、いいました。

「食べたら、すぐにかたづけちゃいたいの」

食べたあとは、遊ぶ時間です。

ピッピは、「〈ゆかにおりてはいけません〉をしよう」といいました。とてもかんたんな遊びです。ゆかに足をつけないで、台所をひとまわりすればいいだけです。ピッピは、あっというまに一周《しゅう》してみせました。トミーとアニカも、うまくできました。

こうすればいいのです。流しからはじめて、足をいっぱいにのばすと、オーブンの上にわたれます。オーブンからたきぎ箱へ、たきぎ箱から帽子棚《ぼうしだな》へ、そこからテーブルにおりて、いすをふたつわたって、すみの戸棚《とだな》へわたります。戸棚《とだな》から流しまでは何《なん》メートルかあるのですが、うまいことに、そこに馬がいるのです。馬のしっぽから背中《せなか》をつたい、頭の側《がわ》にすべりおり、タイミングよくぴょんととぶと、ぴったり流しにたどりつけるというわけでした。

そんなことをしているうちに、アニカのワンピースは二番めにきれいな服ではなく、三番め、四番め、いいえ、五番めぐらいにきれいな服になってしまいました。トミーはトミ

ーでえんとつそうじ屋さんみたいに、すっかりまっ黒になっていました。

そろそろ三人は、ほかの遊びを考えることにしました。

「屋根裏《やねうら》へ、おばけたちにあいさつしに行こうよ」ピッピがいいだしました。

アニカは、息をひゅっとすいこみました。

「お、おばけが、いるの？」

「いるわよ、うじゃうじゃ。いろんな種類《しゅるい》が。おばけに、ゆうれい。歩くとけっつまずくくらい、たくさんね。行ってみる？」

「本気？」アニカは、うらめしそうにピッピを見つめました。

「おばけやゆうれいなんていないって、お母さんがいってた」トミーは、いいきりました。

「そうよ。ほかのところにはね。でも、うちの屋根裏《やねうら》にはいるのよ。世《よ》の中《なか》のおばけたちはみんな、うちの屋根裏《やねうら》に住んでるんだもの。『でていって』って、たのんでもきかないの。だけど危険《きけん》なことはないのよ。人のうでをつねってあざをつけたり、気味《きみ》悪い声をあげたりするだけよ。それから、自分たちの頭をころがしてボーリングをするくらいね」

「頭をころがして、ボーリング……」アニカは消えいるような声でいいました。

「そうよ。さあ行こう。おばけたちとおしゃべりしに。あたし、ボーリングは得意《とくい》だし」

トミーは、自分がこわがっていることを知られたくありませんでした。おばけというものを見てみたい気もしました。おばけを見たとなれば、学校で友だちにじまんできますからね。それに、さすがのおばけだって、ピッピにとびつく勇気《ゆうき》はないだろうと思いました。

トミーは、おばけを見に行くことにきめました。

アニカのほうは、屋根裏《やねうら》へ行く気なんて、さらさらありませんでした。でも、もしもひとりで台所に残《のこ》ったとしても、小さなおばけがふらふらとおりてくるかもしれません。それで決心がつきました。たったひとりでたったひとりの小さなおばけを相手にするより、たとえ何千《なんぜん》というおばけでも、ピッピとトミーといっしょのほうが、まだましというものです。

ピッピは先頭に立つと、屋根裏《やねうら》に通じる階段《かいだん》のドアをあけました。中はまっ暗《くら》です。トミーはピッピにぎゅっと、アニカはトミーにさらにぎゅっとつかまり、三人は階段《かいだん》をあがりはじめました。

階段《かいだん》は、足をかけるたびにギギイときしみます。トミーは、やっぱりやめたほうがいいかもと、まよいはじめました。アニカは、まよったりしませんでした。とっくに、やめたほうがいいと思っていたからです。

それでも三人は階段《かいだん》をあがりきり、屋根裏《やねうら》につきました。あたりは暗《くら》く、月の光がひとすじ、ゆかにさしているだけです。壁《かべ》のすきまから風が吹《ふ》きこんでくると、あっちのすみ、こっちのすみから、ため息にも似《に》たあやしい音がひびいてきました。

「こんばんは、おばけのみなさーん！」ピッピが声をはりあげました。返事はありません。たとえ、おばけがいたとしても、返事をしてくれるはずがありません。

「そうか、なるほど」ピッピはいいました。「みんな、おばけ・ゆうれい協会《きょうかい》の運営会議《うんえいかいぎ》にでかけちゃったのね」

アニカはほっとため息をつき、会議《かいぎ》ができるだけ長びいてほしい、と思いました。

ところがそのとき、むこうのほうから、ホーホーと、あやしい声がきこえてきました。

その瞬間《しゅんかん》、トミーには見えました。暗闇《くらやみ》の中を、なにかがとんできます。それはトミーのおでこをかすめ、あけはなしてあった小窓《こまど》から、黒い影《かげ》となって、とびだしていきました。

「お、おばけだ！」トミーは、あらんかぎりの声でさけびました。

アニカも悲鳴《ひめい》をあげました。

「あいつは、会議《かいぎ》におくれちゃったのよ」ピッピはいいました。「あいつが、おばけだとしたらね。フクロウでなければね。だけど本当は……」少し間《ま》をおいてから、さらにピッピはこうつづけました。「おばけなんていないのよ。どう考えたって、あれはただのフクロウよ。おばけがいるなんていいはるやつは、鼻をつねってやればいいのよ」

「だけど、ピッピが自分でそういったのよ」アニカがいいかえしました。

「あら、そうだわ。だったら、あたしも鼻をつねらなきゃ」ピッピはそういうと、思いきり自分の鼻をつねりました。

トミーとアニカは少しおちつきをとりもどし、思いきって窓《まど》のところへ行って、庭をながめてみました。空には黒い大きな雲が流れ、月をかくそうとしているようです。庭の木は、ザワザワとゆれていました。

トミーとアニカは、部屋《へや》の中をふりかえりました。すると、なんということでしょう。

白いものがふわふわと、ふたりのほうへ近づいてきたのです。

「おばけだ！」トミーがふたたび、ものすごい声をあげました。

アニカはこわくて、さけぶこともできません。白いものは、どんどん近づいてきます。

トミーとアニカはだきあい、目をつぶりました。

すると、おばけがいいました。

「ほら、これ見つけたの。パパが寝《ね》るときに着《き》ていたシャツよ。あそこの船乗《ふなの》り用の古い木箱にはいってたの。すそをあげれば、あたしでも着《き》られる」

おばけだと思ったのは、白いシャツのすそをひきずりながら歩いてきたピッピだったのです。

「ああ、ピッピ。こわくて死ぬかと思った」アニカがいいました。

「あら、やだ。シャツなんて、こわいもんじゃないわよ。かみついたりしないもの。自《じ》己防衛《こぼうえい》のときはべつだけど」

ピッピはふと、船乗《ふなの》り用の木箱をちゃんとしらべてみようと思いたちました。そこで木箱をもちあげて窓辺《まどべ》へ運《はこ》び、ふたをあけました。

月明かりが、ぼんやりと木箱の中を照《て》らします。

古着《ふるぎ》のたばは、ゆかにほうりなげました。そのあとにでてきたのは、双眼鏡《そうがんきょう》、古い本が数冊《すうさつ》、ピストル三丁《ちょう》、剣《けん》、そして金貨《きんか》ひと袋《ふくろ》でした。

「あらまあ、おやまあ」ピッピは満足《まんぞく》そうにいいました。

「ドキドキするね」トミーもいいました。

ピッピは、木箱の中身《なかみ》を白いシャツのおなかにのせました。それから、三人は屋根裏部《やねうらべ》屋《や》をあとにしました。

台所へもどってくると、アニカは心からほっとしました。

「子どもに銃《じゅう》をさわらせるべからず」ピッピはそういって、両手《りょうて》にひとつずつ、ピストルをにぎりました。そして、「さもなければ事故《じこ》のもと」といったとたん、両手《りょうて》の引《ひ》き金《がね》をひきました。「わっ、すごい音！」

ピッピが天井《てんじょう》を見あげると、弾《たま》のあながふたつ、あいていました。

「もしかして」ピッピはうれしそうに、しゃべりつづけました。「弾《たま》は天井《てんじょう》をつきぬけて、おばけの足にあたったかも。となれば、つぎに罪《つみ》もない子どもをおどかそうとするときには、あいつらだって、少しは考えるはずよ。たとえ、この世《よ》にいないにしても、人をやたらとおどかすのはよくないわ。ところで、あんたたち、ピストルほしい？」

トミーは、わくわくして身《み》をのりだしました。アニカも、弾《たま》がはいっていなければほしい、と思いました。

「さあ、これで、あたしたち、盗賊団《とうぞくだん》を結成《けっせい》できるわよ」ピッピはそういいながら、双眼鏡《そうがんきょう》を目にあてました。「こうしてのぞけば、南アメリカにいるノミも見える。盗賊団《とうぞくだん》をつくるときには、これも役にたつわね」

そのとき、ドアをたたく音がしました。トミーとアニカのお父さんが、むかえにきたのです。

「もうとっくに寝《ね》る時間をすぎてるよ」お父さんはいいました。

トミーとアニカは大いそぎでピッピにお礼をいい、おやすみのあいさつをし、自分たちのお宝《たから》をまとめました。笛《ふえ》とブローチとピストルです。

ピッピは玄関《げんかん》まえのベランダまででていって、お客さんたちが庭の小道のむこうへ消えていくのを見送りました。

トミーとアニカはふりむいて、ピッピに手をふりました。

ごたごた荘《そう》の窓《まど》からもれる明かりが、ピッピを照《て》らしています。きつく編《あ》んだ赤毛のおさげがはねあがり、パパのだぶだぶのシャツをひきずり、片手《かたて》にピストル、片手《かたて》に剣《けん》をもっているピッピ――。ピッピは剣《けん》で、ささげ銃《つつ》の敬礼《けいれい》をしてみせました。

トミーとアニカとお父さんが門までくると、ピッピがなにかさけんでいるのがきこえました。足をとめて耳をそばだてると、風にゆれる木の音にまじって、ピッピがこういっているのがわかりました。

「あたし、大きくなったら、海賊《かいぞく》になる！　あんたたちは？」

訳者あとがき

スウェーデンが世界に誇る児童文学作家アストリッド・リンドグレーン(一九〇七―二〇〇二)。彼女の名をいちやく世に知らしめたのは、一九四五年に出版された、この『長くつ下のピッピ』という作品でした。天衣無縫《てんいむほう》な九歳の女の子ピッピがくりひろげる自由と正義とユーモアに富んだ物語は、出版後たちまちにして多くの読者を魅了し、初版から七〇年以上の時を経た今も、世界中の人々から愛されつづけています。愛娘《まなむすめ》への作者の即興話から始まった世界一強い女の子の物語は、今や七〇もの言語に翻訳され、総出版部数は六六〇〇万部を超えると言われています。

わが国でもその人気は高く、これまで何人もの翻訳者により、さまざまな形のピッピの本が刊行されてきました。なかでも、一九六四年に岩波書店から出版された大塚勇三訳、桜井誠絵の『長くつ下のピッピ』は定番中の定番となっていて、私も子どものころに、この本を夢中になって読んでいたひとりです。逆立ちが苦手で足も速くなかった私は、とくにピッピの運動神経のよさがうらやましくてならず、おまわりさんと鬼ごっこをする場面や、サーカスで綱わたりを披露《ひろう》する場面など、ピッピへのあこがれの気持ちをふくらませて、いつもページをめくったものでした。おそらく日本のピッピ・ファンの多くの方が、私と同じように、大塚・桜井コンビの「ピッピ」に愛着を持っておられることでしょう。

その大塚・桜井コンビの「ピッピ」シリーズと併存《へいぞん》する形で、このたび原書と同じイングリッド・ヴァン・ニイマン挿絵のピッピ三部作を翻訳し、新装版シリーズ「リンドグレーン・コレクション」として出版する運びとなりました。ピッピの本が紹介された当初はモダンすぎて日本人にはなじまないと見られていたニイマンの絵が、半世紀がすぎ、日本の読者にも受け入れられる素地《そじ》ができたことに加え、作者自身が「ピッピの絵はイングリッドのものでなくてはならない」と言いきるほどニイマンの挿絵を気に入っていたから、というのがその理由です。

作者や挿絵画家、作品についての解説は、近刊予定の『ピッピ 船にのる』と『ピッピ 南の島へ』の訳者あとがきにゆずるとして、ここでは新装版『長くつ下のピッピ』について少し述べたいと思います。スウェーデンでは二〇一六年にピッピ三部作がそれぞれ改訂されており、新しい翻訳はこの改訂版をもとにしています。これまでの邦訳とくらべると、新装版の文章には、生前に作者が自ら手を入れた箇所もふくめ、いくつか細かな違いがあります。

たとえば、七章のサーカスでの場面です。ミス・カルメンシータが乗っている馬の色は、もともとは「黒」でしたが、のちに作者がニイマンの絵に合わせて「白」に変えました。これまでの邦訳ではほとんどの本で「黒」とされていましたが、今回は改めて「白」としました。また、黒人差別と受けとられかねない表現が原文で変更・削除された箇所はすべて、それに従いました。一方、九章の次の三行にあたる文章は、スウェーデン語版では長いあいだ、削除されたままになっていました。

それからご婦人方《ふじんがた》にむかって、「この上を歩くのって、気もちいいのよ。はだしで歩けば、なおいいの」といって、くつもくつ下もぬいでしまいました。「おばさんたちもやってみればいいのに。これより楽しいことって、そうないんだから」（一四八ページ）

スウェーデンでは初版の発売後、ピッピの奔放《ほんぽう》な言動をめぐって教育論争がまきおこりました。とくにこの場面に関しては、食べものの上をはだしで歩くのはあまりに行儀が悪いという批判が強く、それに耐えかねた作者が削除してしまったのです。あとになって削除したことを作者は悔やんでいたそうですが、二〇一六年の改訂版には、この文章がもとのとおりに入っています。ですので、邦訳ではこれまでも入っているのが普通でしたが、今回の新装版では迷うことなく、この三行を残すことができました。パーティーの最中にグラニュー糖を床にばらまいたピッピの真意を知るうえで、ぜったいにあったほうがいい文章です。

以上のことをふまえ、翻訳にあたっては原文のニュアンスを尊重しつつ、今の日本の子どもたちが最後まで楽しく読める日本語になるよう心がけました。二〇〇七年、リンドグレーン生誕一〇〇年記念『長くつ下のピッピ　ニュー・エディション』（ローレン・チャイルド絵　岩波書店刊）を訳したさいには、個性的な挿絵と横組みのレイアウトとの兼ねあいから、言葉の選び方や文字の配置にもいろいろと制約がありました。今回はそのときの訳文を下敷きに、ニイマンの挿絵と縦組みとなる仕上がりを考慮に入れ、全体を見直しました。

なお、ピッピの家の名前にあてた〈ごたごた荘〉という日本語訳は、ピッピ翻訳の第一人者、大塚勇三氏によるものです。大塚氏のすばらしいネーミングのセンスに敬意を表し、新装版でもひきつづき、この訳語を使わせていただきました。

それから、六章のピクニックの場面でピッピがかじるベニテングダケは、毒キノコです。ピッピは平気でも普通の人には食べられませんので、老婆心《ろうばしん》ながら、ひと言お断りしておきます。

今年は、日本とスウェーデンの外交関係が樹立されてから、ちょうど一五〇年目にあたります。この節目《ふしめ》の年に、新しい『長くつ下のピッピ』を「リンドグレーン・コレクション」の第一弾として、日本の皆さんにお届けできることを訳者としてたいへん光栄に思います。両国のますますの発展とともに、ピッピをはじめとするリンドグレーンの物語が、末永く日本語でも読み継がれていくことを心から願ってやみません。

二〇一八年夏　菱木晃子

アストリッド・リンドグレーン
(Astrid Lindgren 1907-2002)
スウェーデンのスモーランド地方生まれ．1945年に刊行された『長くつ下のピッピ』で子どもたちの心をつかむ．その後，児童書の編集者を続けながら数多くの作品を生み出した．その作品は全世界100か国以上で読み継がれている．没年，スウェーデン政府はその功績を記念して，「アストリッド・リンドグレーン記念文学賞」を設立．2005年には，原稿や書簡類がユネスコの「世界の記憶」に登録された．

菱木晃子(1960-)
東京都生まれ．スウェーデンの児童書を中心に，翻訳と紹介に活躍．訳書に，ラーゲルレーヴ作『ニルスのふしぎな旅』(福音館書店)，スタルク作『おじいちゃんの口笛』(ほるぷ出版)ほか多数．著書に，『はじめての北欧神話』(徳間書店)，『大人が味わうスウェーデン児童文学』(NHK出版)，『巨人の花よめ』(BL出版)など．2009年，スウェーデン王国より北極星勲章受章．2018年，日本・スウェーデン外交関係樹立150周年記念「長くつ下のピッピ™の世界展」を監修．

リンドグレーン・コレクション
長くつ下のピッピ
アストリッド・リンドグレーン作
イングリッド・ヴァン・ニイマン絵

2018年8月3日　第1刷発行
2023年4月24日　第6刷発行

訳　者　菱木晃子《ひしきあきらこ》

発行者　坂本政謙

発行所　株式会社　岩波書店
〒101-8002　東京都千代田区一ツ橋2-5-5
電話案内　03-5210-4000
https://www.iwanami.co.jp/

印刷・法令印刷　カバー・精興社　製本・牧製本

ISBN 978-4-00-115731-4　　Printed in Japan
NDC 949　198 p.　19 cm